文春文庫

旅　路

（上）

池波正太郎

文藝春秋

旅路・上／目次

ＤＴＰ制作　エヴリ・シンク

旅路上

昭和53年5月13日～54年5月7日サンケイ新聞夕刊に連載。
単行本は昭和54年7月文藝春秋刊。
本書は昭和57年10月に小社より刊行された文庫の新装版です。

空蟬《うつせみ》

その日。

その夜、その時刻に……。

三千代《みちよ》は、寝間《ねま》で蚊帳《かや》を吊っていた。

この八帖間は、今年の正月に亡くなった舅《しゅうと》の三浦平右衛門《みうらへいえもん》が起居《ききょ》していた部屋である。

夫の三浦芳之助《よしのすけ》は、父・平右衛門が亡くなって間もなく、

「寝間を、亡き父上の御部屋に移そうではないか」

三千代にそういって、おもいをこめた微笑を送ってよこしたものだ。

それだけで、もう、三千代の躰《からだ》は火照《ほて》ってきて、はずかしさに顔をあげていられなかったことをおぼえている。

それまでの若い夫婦の部屋は玄関《げんかん》からも近かったし、渡り廊下をへだてた別棟《べつむね》の、奉

公人たちの部屋にも近かった。

ときには、元気のよい若党《わかとう》の井上忠八《ちゅうはち》の笑い声が洩《も》れてきたし、台所ではたらく二人の召使女《めしつかいおんな》がたてる物音が、朝も暗いうちから耳へ入ってくる。

十八歳の三千代が、三浦家へ嫁《とつ》いで来たのは去年の早春の或日で、この近江《おうみ》（滋賀県）彦根の城下には、冬の名残りの雪がふりしきっていた。

それから一年余がすぎて、いまの三千代は、去年の三千代ではない。

夫の、やさしくて丹念《たんねん》な愛撫が、十九歳になった三千代の肌身《はだみ》のすみずみにまでゆきわたり、かくしてもかくしきれぬ人妻《ひとづま》の色気が匂《にお》いたち、細面《ほそおもて》の、青々《あおあお》と眉《まゆ》をそりあげた顔をこころもち俯《うつむ》けて歩《あゆ》む姿を見かけた藩士たちが、

「うらやましいのう、三浦芳之助が……」

「あの、嫋《しな》やかな細くて白い躰を、おもいのままにできたらとおもうと、いささか、たまらなくなってくる」

などと、ひそかに、ささやき合ったりした。

このごろの三千代は、寝間の夫の腕の中で、おもいもかけぬ声を発することがあるらしい。

自分では無我夢中《むがむちゅう》で、目眩《めくるめ》くような陶酔《とうすい》へおぼれこんでいて発する声なのだから、まったく気づかぬのだが、

「これ、三千代……」

芳之助は、一間をへだてて眠っている父の平右衛門へ気がねをしてか、あわてて妻の口を押えたりした。

だが、いまは、その舅もいない。

そして、この奥の寝間へ移ってからは、おもいなしか、夫の愛撫が執拗《しつよう》になってきたようだ。

蚊帳を吊り終え、しあわせそうなためいきをもらした三千代の、白い頸《くび》すじへ血の色がのぼってきた。

同役《どうやく》の藩士の通夜《つや》へ出むいた夫は、間もなく帰って来て、湯殿で水を浴び、汗をながしたのちに、この蚊帳の中へ身を横たえるであろう。

このときの三千代は、一瞬の後に起った異変への不吉《ふきつ》な予感《よかん》を、まったくおぼえなかった。


三浦芳之助は、勘定奉行《かんじょうぶぎょう》の支配下にあり、俸禄《ほうろく》は百五十石で、屋敷は彦根城下の下《しも》ノ馬場《ばば》とよばれる一角にある。

そこは、御城の北西の方にあたり、三浦家の背後は、御城の外濠《そとぼり》であった。

この夜。

通夜《つや》がおこなわれていた勘定方の石田藤兵衛《いしだとうべえ》の屋敷は、琵琶《びわ》湖の岸辺にも近い西ヶ原にあって、三浦家からも遠くはない。

亡くなった石田藤兵衛は、三浦芳之助の同役だが、俸禄は百石。したがって屋敷も更に小さい。

「ともかくも、いったんはもどる」

と、芳之助は三千代にいいおき、日が暮れてから、中間《ちゅうげん》の弥四郎《やしろう》と草履取《ぞうりとり》の直助《なおすけ》を供に、屋敷を出て行った。

五十八歳で亡くなった石田藤兵衛は人柄もおだやかで、城下の商人たちからも信頼されていたし、藩士たちとの交際もひろい。

通夜の客は、おもいのほかに多かった。

何といっても屋敷が小さく、家族や親類縁者《しんるいえんじゃ》が台所へ押しやられてしまうほどになったので、三浦芳之助は、

「弥四郎は残って、何かと、はたらいてくれ」

中間の弥四郎に言いおいて、直助を従え、石田家を辞《じ》した。

それは、ちょうど三千代が、臥床《ふしど》をととのえるため、寝間へ入ったころではなかったろうか……。

梅雨《つゆ》が明けて間もないころで、日中の暑熱はきびしい。

だが、夜になると琵琶の湖面を吹きわたってくる微《かす》かな風が冷《ひ》んやりとして、しのぎよかった。

「惜《お》しい人を死なせてしもうた……」

うしろについて来る直助へ、語りかけるともなく語りかけて、三浦芳之助は、暗い侍《さむらい》屋敷がつづく道を歩んだ。

そのとき、向うから提灯《ちょうちん》が一つ、近寄って来た。

これが、御目付方《おめつけかた》に属している近藤虎次郎《こんどうとらじろう》であった。

二十八歳になる近藤虎次郎は、まだ、独身《ひとりみ》である。

近藤もまた、石田藤兵衛の通夜へおもむく途中《とちゅう》であったらしい。

ともかくも、近藤と三浦芳之助が道で出合って、挨拶《あいさつ》をかわしているのを、草履取の直助は主人の背後からながめていた。

すると、二人の声が、急に低くなり、直助の耳へとどかなくなった。

「直助。先へ帰っておれ」

突然、主人にいわれて、直助は提灯を芳之助へわたし、道を曲った。

異変は、その後で起った。

草履取の直助は、道を曲って、どれほど歩んだろう。

(おや……?)

急に、直助が足をとめた。

「何でござりますか、そのとき、後ろで……いえ、旦那様が近藤様と立ちばなしをなされていた辺《あた》りで、どしんというような……はい。地響《じひび》きのような物音といっしょに、人の唸《うな》り声のようなものが、耳へ飛び込んできたのでござります」

と、直助は後に語っている。

主人の三浦芳之助から「先へ帰っておれ」といわれ、別れて歩み出してから、いくらも経《へ》ていないだけに、直助は、

(もしや、旦那様が……?)

不安に駆られ、すぐに身を返した。

小走りに、曲り角を曲った直助が、

「あっ……」

低く叫び、立ち竦《すく》んだ。

すぐ前に、近藤虎次郎が近寄って来たからだ。

近寄って来ただけなら、何ということもなかったろうが、虎次郎の右手には刃《やいば》が光っていた。

歩みながら虎次郎は、抜き持った大刀を鞘《さや》へおさめようとしていたのである。

近藤虎次郎は立ちどまって、凝《じっ》と、直助を見た。

夜の闇に慣《な》れた直助の眼には、虎次郎のがっしりとした体軀が、自分へ被《おお》いかぶさるように見え、膝がふるえ出した。

大きく張り出た額《ひたい》の下から、虎次郎の細い眼が、針のように光っている。

（き、斬られる……）

と、直助はおもい、竦みあがった。

そのとき、近藤虎次郎が直助に向って、何かいった。

いったことはたしかなのだが、何をいったのだか、直助には聞き取れなかった。

直助は、半ば虚脱《なかきよだつ》の状態にあったといってよい。

近藤虎次郎の足音が遠ざかって行くのを知ったときも、直助はすぐに動けなかった。

それは、ごく短い間のことだったろうが、直助には、

（半刻《はんとき》も一刻もに……）

感じられた。

虎次郎がもどって来ないとわかってから、直助は立って、泳ぐような足取りで主人と別れた場所へ向った。

闇の中に、血の匂いがした。

三浦芳之助は、俯《うつぶ》せに倒れていた。

そこは、侍屋敷にはさまれた道だが、南側が草地になってい、小川が屈曲してながれ

ている。

三浦芳之助は、道から草地へ上半身をのめり込ませたような姿で倒れ伏していた。

直助が、悲鳴に近い叫びを発し、

「だ、旦那様……もし、旦那様……」

引き起した直助の手が、ぬらぬらと血に濡《ぬ》れた。

芳之助の左の頸すじが深ぶかと切り割られ、おびただしい血汐《ちしお》が流出している。

「もし……だ、旦……」

直助は、声を呑んだ。

あきらかに、主人は息が絶えている。

そこへ、足音が走って来た。向うの、先刻、直助が主人と共に歩んでいた、湖沿《うみぞ》いの道を通りかかった人が直助の叫び声を耳にして駆けつけてくれたのだ。

これは、三浦芳之助と同役の藩士で影山滝太郎《かげやまたきたろう》といい、やはり石田藤兵衛の通夜へ出ての帰り途《みち》であったそうな。

影山は先刻、石田家で芳之助とも会っているはずだ。

走り寄りながら、影山が、

「どうした?」

「あっ。影山様……」

「お前は、三浦家の小者ではないか」

「は、はい」

「や……？」

提灯を差しつけて見て、影山が、

「み、三浦殿ではないか」

「は、はい」

「どうしたのだ、これは……」

「こ、殺されました」

「何……だれが三浦殿を？」

「近藤様でございます。近藤虎次郎様でございます」

直助は、もはや下手人《げしゅにん》は近藤虎次郎だと、おもいきわめていた。

「近藤だと……」

影山は、自分よりも身分が上の虎次郎を呼び捨てにした。

かねてから近藤虎次郎は、藩士たちから好意の目を向けられていない。

近藤虎次郎が勤めている御目付方という役職が、そもそも、嫌われているのだ。

この役目は、藩士の日常を監察《かんさつ》し、非違《ひい》の事あれば、ただちに上司を通じて藩主や家老へ報告をする。

その報告書は密封され、家老や重役衆の立会のもとに開封されることになっている。

たしかに、

「あまり、よい御役目ではない」

のである。

藩士たちの中には、御目付方を、

「狗《いぬ》めが、あることないことを嗅《か》ぎまわっておる」

さも、苦にがしげにいう士《もの》さえいる。

御目付方でも、しぜんに他の役職の藩士たちとの交際が薄くなるわけで、これは、やむを得ぬことであったろう。

だが、近藤虎次郎は、石田藤兵衛の通夜におもむこうとしていたらしい。

生前の石田藤兵衛は何事にも、

「こだわりのない……」

人柄だった所為《せい》もあろうが、この二人は囲碁が好きで、たがいに、双方の屋敷を訪ね、碁を打っていたらしい。

それとも、近藤虎次郎は石田家へおもむく途中ではなく、石田家から帰って来る三浦芳之助を待ち受けていたのであろうか。

「そうではない」

と、いいきれぬものを、影山滝太郎は感じた。

それには、それだけの理由があったのだ。

三浦芳之助は、自分の大刀を右手につかんでいた。

これは芳之助が、虎次郎に抜き合わせ、わずかながらも抵抗したことを意味する。

(なれど、ひとたまりもなかったろう)

と、影山はおもった。

芳之助も侍であるからには、剣術の一手《ひとて》二手《ふたて》は習わぬでもないが、とても、近藤虎次郎にかなうものではない。

戦国の世が終りを告げて、徳川将軍と江戸幕府の天下となってより、およそ百八十年が経過している。

天下泰平の世が、このように長くつづいているのだから、侍が〔官僚〕化してしまい、武士の魂などといわれていた大小の刀を腰に帯びることさえも、

「重いわい。面倒なことよ」

などと、おもわず口にのぼせる侍も出てきはじめている。

ゆえに、近藤虎次郎のような男が、年少のころから剣術を好み、亡父・三左衛門《さんざえもん》と藩庁のゆるしを得て、京都でみっしりと修行を積んだということは、めずらしくもあり、また、それだからといって彼が、藩主や重役方にみとめられるわけでもなかった。

虎次郎は、京都郊外に無外流《むがいりゅう》の道場を構える駒井孫九郎《こまいまごくろう》の門へ入り、十余年にわたる修行をしている。

このような男に、三浦芳之助が立ち向ったところで、

「勝てるわけがない」

ことは、だれの目にもあきらかであった。

三浦芳之助は、ただ一太刀で斬殺されている。

頸すじの急所を、ものの見事に切り割られ、即死であった。

影山滝太郎は、近くの侍屋敷に急を知らせ、人手を出してもらい、敏速に、

「為《な》すべきことを……」

おこなった。

藩庁では、すぐさま、近藤虎次郎の屋敷へ人数をさし向けたが、

「旦那様は、お一人にて、石田藤兵衛様のお通夜へお出かけになりましたきり、まだ、お帰りにはなりませぬ」

と、若党の井波又介《いなみまたすけ》が、おどろきながらもこたえた。

虎次郎の両親は、すでに亡い。

兄弟も姉妹もなく、五人の奉公人と共に、虎次郎は独身の暮しをしている。

若党の言葉によれば、虎次郎が石田家の通夜におもむくつもりで屋敷を出たのは、た

しかなようだ。

さて……。

三浦家へ急を告げたのは、草履取の直助であった。

影山滝太郎が、

「三浦殿の亡骸《なきがら》は、私がまもっているゆえ、早く、このことを知らせてまいれ」

そういってくれたので、直助は無我夢中で、屋敷へ駆けもどった。

直助は先ず、若党の井上忠八へ急を告げた。

「な、な、何だと……」

若くて元気のよい井上だが、このときばかりは色を失い、

「そ、そりゃ、まことか？」

何で、このような冗談がいえようか。

「そりゃ、大変だ。これは、大変なことになった……」

蒼ざめながらも、井上は、

「直助。みなに、このことをつたえろ。さわがぬようにするのだ、よいか。これから忙しくなる。動顚《どうてん》するなよ」

直助の肩をつかみ、指示をあたえた。

井上忠八の亡父も、三浦家に奉公をしていただけに、いざとなると井上は、自分でも

おもいがけぬほどの気力が出てきて、

（しっかりせねばならぬ。しっかりせねば……）

廊下を、奥へ向った。

直助は裏手へまわり、他の奉公人へ異変を知らせた。

石田家の通夜を手つだっていた中間の弥四郎が、駆けもどって来たのはこのときである。

井上忠八から知らせを受けたとき、三千代は寝所の仕度を終え、居間へもどっていた。

後になってみても、このときの井上が、どのような言葉で主人の横死《おうし》を自分に告げたのか、三千代は、よくおぼえていなかった。

しかし、

（旦那様が、殺《あや》められた……）

ことだけは、わかった。

当然ながら、咄嗟《とっさ》に実感がわいてこない。

夫が殺害されるような予測も不安も、まったく、なかったのだ。

先刻、明るい笑顔を見せて、同役の通夜へ出かけて行った夫が、

（もう、この世の人ではない……）

このことであった。

夢の中の出来事としか、おもわれぬ。

「御供いたします。すぐさま、お仕度を……」

茫然《ぼうぜん》としている三千代の耳へ、井上の声が飛び込んできた。

井上は、そういってから引き返し、二人の召使女に、三千代の世話をたのみ、中間の弥四郎へ、

「山口様へ、このことをお知らせしろ。急げ」

と、いった。

山口家は、三千代の実家である。

三千代の父母も、すでに亡い。

父の山口久左衛門《きゆうざえもん》は、三千代が三浦家へ嫁いで間もなく、亡くなっている。

婚礼の当日も、久左衛門は病苦を堪えていたのだ。

したがって、いまの山口家の当主は、三千代の兄の彦太郎であった。

彦太郎は二十四歳になり、三千代とは二人きりの兄妹なのだ。

弥四郎が山口家へ駆け向った後に、井上忠八は急いで身仕度をととのえた。

三千代は、泪《なみだ》の一滴もこぼさなかった。

あまりの衝撃を受けて、というよりも、このときになって、まだ夫の死が信じられないのだ。

頭ではわかっていても、三千代の躰が、これを受けつけていない。

夫が、どのような理由で、何のために斬殺されねばならなかったのか、何も彼も、わからぬことばかりではないか……。

井上忠八は、主人を斬った男の名を、三千代にはつたえていない。

これは、供をしていた直助の言葉を、

（まさかに……？）

まだ、うたぐっていたからであろう。

（御目付方をつとめられているほどの、近藤虎次郎様が、このようなまねを仕てのけるはずはない）

と、井上はおもった。

そもそも、主人の三浦芳之助と近藤虎次郎とは交際がない。

役目もちがうことだし、同じ井伊家の家来であるから、たがいに顔を見知ってはいても、双方の間に、

（刀を抜いて斬り合うほどの……）

憎しみや恨《うら》みが生じるはずもない。

井上忠八につきそわれて現場へ向う三千代の足取りは、おもいのほかに、しっかりしている。

（これほどの方とは、おもわなんだ）

井上は、ひそかに感嘆をしたものだが、三千代にしてみれば、夢の中の自分が歩いているようで、足が土を踏んでいるとはおもえなかった。

三浦芳之助の遺体は、斬殺された現場に横たえられていた。

ただし、影山滝太郎の知らせにより、現場近くの侍屋敷から人が出て、遺体をまもっていてくれた。

これは、やはり、藩庁からさし向けられた、しかるべき役目の士《もの》の検視を受けねばならぬからだ。

現場にあらわれた三千代へ、影山滝太郎が走り寄って来た。

影山は、三千代の躰をささえるようにして、遺体の傍へみちびいた。

人びとの提灯のあかりも、努めてむごたらしい遺体を照らさぬようにしている。

血にまみれて息絶えている夫の姿を見たとき、三千代の躰が、まるで瘧《おこり》にでもかかったかのように激しくふるえ出した。

夫の遺体の向うの小川のほとりの闇に、青白い小さな光が二つ三つ、明滅しつつ、ゆるやかに飛んでいる。

蛍《ほたる》であった。

がっくりと両膝をついた三千代が、そのまま、のめり倒れた。

気を失ったのである。

三千代が気づいたとき、目の前に、兄の彦太郎の顔があった。

「気がついたようだな」

と、山口彦太郎が顔をさし寄せ、

「兄だ。わかるか？」

三千代が、うなずいた。

「ここは、三浦殿の屋敷だ。安心するがよい」

「あ、兄上……」

はじめて、三千代の眼から、熱いものがふきこぼれてきた。

実家の、ただ一人の兄の顔を見て、どっと悲しみがこみあげてきたのであろう。

「憎い奴だ、近藤虎次郎は……」

「では、あの、近藤様が……」

「おお。彼奴《きやっ》が斬ったのだ」

三千代は、愕然《がくぜん》となった。

出奔《しゅっぽん》

「何という奴だ、あの近藤という奴は……」

若い山口彦太郎の顔が、憤怒《ふんぬ》に歪《ゆが》み、

「あのことを、かほどに根深く怨《うら》んでいたとは……それに、三浦芳之助を斬るなどとは、まことに見当ちがいのことではないか」

兄の彦太郎の言葉を聞いているうちに、得体《えたい》の知れぬ口惜しさが三千代の胸にもこみあげてきた。

なるほど、近藤虎次郎が今夜の犯行におよんだ原因は、

（それにちがいない……）

ようにおもわれる。

いや、そのほかに、三浦芳之助を殺害する理由が、おもいあたらぬといってよい。

このことは、三千代の実家の人びとをふくめ、彦根城下の中でも、きわめて少数のものが知っているにすぎない。

もっとも、人の口から口へとつたわり、意外に多くの人たちの耳へも入っているやも知れぬ。

それは……。

三千代が三浦家へ嫁ぐ前に、近藤虎次郎から、

「ぜひとも、三千代どのを妻にいただきたい」

と、山口久左衛門へ、申し入れがあったことなのだ。

武家の間の縁談というものは、先ず、人を介して申し入れるべきなのに、虎次郎は自身で、何の前ぶれもなく山口家を訪れ、申し入れたのであった。

そのときの父・久左衛門が、近藤虎次郎に、どのような応対をしたかは、山口彦太郎も三千代も知らぬ。

彦太郎は、すぐ近くの屋敷にいる友人を訪ねていたし、三千代は、番衆町に住む高宮《たかみや》元春《げんしゅん》という医師に嫁いでいる母方の叔母を訪ねていたからだ。

夕暮れ前に屋敷へ帰って来た三千代は、父の居間で、父と兄とが語り合う声を、聞くともなしに聞いた。

「今日、突然に、御目付方の近藤虎次郎が訪ねてまいってな」

と、父がいった。

禄高《ろくだか》も山口家より多い近藤虎次郎の名を呼び捨てにしたのを見ても、父は、不快の色を隠さなかったのではないか……。

「それは、また、何の事で……？」

「三千代を嫁にしたいと、申し入れてまいったのじゃ」

「だれの嫁にです？」

「おのれの嫁にじゃ。近藤が自分で申し入れに来たのじゃ」

吐き捨てるように、父がいった。

「それで、父上は、何と御返答なされました？」

尋ねた兄・彦太郎の声にも、近藤虎次郎への嫌悪《けんお》がこもっている。

交際もないのに、父子ともども虎次郎に対しては、こころよくおもっていない。

それというのも、虎次郎自身よりも、虎次郎の御役目を、

「煙たがっている……」

のであった。

「申すまでもない。断わった」

きっぱりと、父はいった。

そもそも、自分の縁談に、自分が乗り込んで来ることからして、山口久左衛門は不快

であったにちがいない。

「まことにもって、不作法きわまる」

「いかにも」

と、相槌《あいづち》を打つ兄の声を聞いてから、廊下にいた三千代は台所へ入り、召使女へ夕餉《ゆうげ》の仕度を急がせ、父と兄のための酒の仕度にかかったことを、いまも、おぼえている。

三千代も何とはなく、

(よかったこと……)

ほっとするおもいであった。

女たちも、藩の御目付方が、どのような役目であるかを知っている。

公私にかかわらず、藩士たちの明け暮れの、

「あること、ないことを嗅ぎまわり、これを密《ひそ》かに、殿様や御家老方の耳へ吹き込む」

などと、いわれている御役目の男を、

(夫にするのは、いやなこと……)

であった。

その日のことは、それですんだ。

ところが、近藤虎次郎は、あきらめなかった。

二度、三度と足を運び、

「ぜひとも、三千代どのを……」

執拗《しつよう》に、申し入れてくるのである。

山口久左衛門は、

「はじめにまいったとき、三千代には別の縁談が、まとまりかけているとでも、申しておいたほうがよかったわい」

と、彦太郎にいった。

これは一昨年のことだから、三千代は十七歳で、当時のむすめとしては、結婚をしてもおかしくはない年ごろになっていた。

事実、いくつか、縁談はあったのだが、妻を失っている山口久左衛門にしてみれば、愛らしいむすめの三千代を、

（いま少しは、手もとに置いておきたい）

そのおもいゆえに、縁談を体《てい》よく辞退しつづけてきていた。

だが、こうなると、そうもいってはおられぬ。

そこへ、三浦芳之助との縁談がもちこまれたのである。

三浦芳之助は、藩中でも評判の美男である。

三千代も城下の其処彼処《そこかしこ》で、数度、芳之助が歩む姿を見かけていた。

三千代の兄・彦太郎と芳之助とは、少年のころ、城下に住む儒者・小池景南《こいけけいなん》の塾に学

んでいたので、満更知らぬわけでもない。

三千代も母親ゆずりの、

「愛らしい……」

顔だちで、これは当人の耳へ聞こえなかったやも知れぬが、城下では、かなりの評判であったそうな。

「まだ、三千代を手離したくはないが、年ごろでもあるし、それに、近藤虎次郎も、まだあきらめてはおらぬらしい。よし、いまが三千代にとっても汐時《しおどき》というものであろう」

山口久左衛門は、彦太郎とも相談し、三浦家からの縁談を受け入れることにした。

たちまち、この縁談はまとまり、三浦の父も自分の病患をさとっていたらしく、

「一日も早う、嫁にいただきたい。そして自分が隠居をし、倅《せがれ》芳之助に家督をさせたい」

と、事を急いだ。

三千代の父にしても、近藤虎次郎のことを考えると、

(早う、嫁がせてしもうたほうがよい)

と、いうわけであった。

それは、三千代が三浦家の女《ひと》となる一月ほど前のことだ。

またしても突然、近藤虎次郎が山口家へあらわれた。

このときも、三千代は叔母のところへ行っていて、屋敷にいなかったが、父と兄が虎

次郎に応対をしたという。

後になって、これは召使女のお吉《きち》から三千代が耳にしたのだが、三人が語り合っているうち、山口久左衛門が近藤虎次郎へ、何やら激しい口調でいいかけ、これに対して虎次郎も高声に応酬したらしい。

兄の彦太郎も父と共に、虎次郎を、

「何やら、おたしなめなさいましたようで……」

と、お吉はいった。

三千代のこころを乱すまいとしてか、お吉は、くわしいことを語らなかったし、三千代もまた、虎次郎への嫌悪感を募《つの》らせただけで、一月後にせまった自分の婚礼のことで胸は一杯であった。

山口家を出て行くとき、近藤虎次郎の顔色は、

「まるで、囲炉裏《いろり》の灰のようでございました」

お吉は、眉をひそめて三千代にそういったものだ。

三浦家へ嫁いでからの三千代は、近藤虎次郎のことなど、もはや念頭になかったといってよい。

舅の平右衛門は、

「孫の顔を見るまでは、死にたくないものじゃ」

と、夫の芳之助へ洩らしたこともあるそうな。

だが、ついに三千代は、舅の念願を、

（かなえて、さしあげることができなかった……）

のである。

いや、いまも尚《なお》、懐妊の徴候はなかった。

いつであったか、夫が役所から帰邸して、自分たち夫婦が子宝にめぐまれないのは、

「激しすぎるからだと、今日は、同役のものたちに茶化されてな」

と、三千代にいったことがある。

夫の眼は、たのしげに笑っていた。

「激しいとは……何がでございます？」

まじめ顔に問い返す三千代の耳へ、芳之助が、

「夜の寝間でのことに、きまっているではないか」

「まあ……」

「どうも、そうらしい」

「ま、いやな……」

「では、当分の間、あのようなことはやめにいたそうか。どうだな？」

かぶりを振りながら、三千代は夫の胸へ顔を埋めた。

「どうなのだ。やめにいたすつもりなのか？」

「存じませぬ」

「それではわからぬ。やめにするのか、せぬのか？」

「ま、そのような……」

「やめるのは、いやか？」

三千代が満面に血をのぼせ、微《かす》かにうなずくと、

「いやなら、いやと申しなさい」

「でも、あの……」

「申さぬなら、今夜から寝間を別にいたそうか？」

「いやでございます」

「それ、申した。あは、はは……」

などと他愛《たわい》もない、甘やかな明け暮れが、三千代にとっては、どれほど充実していたか知れないのだ。

その夫との日々が、急に断ち切られた。

近藤虎次郎の刃によってである。

（近藤虎次郎に、このような逆恨みをされてよいものであろうか……）

夫を失った三千代の悲嘆は、強い怒りに変りつつあった。

影山滝太郎なども、三千代の兄と親しかっただけに、いくらかは事情を知っていて、

(縁談をはねつけられた腹癒《はらい》せに、近藤が三浦を斬った……)

そうおもいこんでいるらしい。

影山が噂《うわさ》を振りまいたわけではないが、城下の風評も、その一点にあつまったようだ。

藩庁の取り調べは、夏が終るまでつづいた。

むろん、犯行当夜から、城下を脱走した近藤虎次郎へ追手がさしむけられたが、ついに捕えることができなかった。

現代から約二百年も前の、徳川将軍と江戸幕府の統治下にあった日本は、いわゆる封建の時代で、六十余の国々に分れ、それぞれに領主がいて、これを治めていた。

将軍と幕府は、その上に君臨しているが、気候も風土も異なる諸国は、それぞれの大名の政治もまた異なる。

民族は同じでも、領主が違う国は、他国なのである。

ゆえに、殺人犯が他国の領内へ逃げ込んでしまえば、こちらから人数をさしむけて他国へ踏み込むわけにはまいらぬ。

それでも……。

近江・彦根三十五万石の領内から、素早く脱出した近藤虎次郎を捕えるため、選ばれた藩士十名ほどが探索に出発して行った。

もしも、殺された三浦芳之助に弟がいるなら、虎次郎を、

「兄の敵《かたき》」

として、討つことをゆるされる。

また、芳之助と三千代の間に子があれば、その子の成長を待ち、父の敵として虎次郎を討たせ、三浦の家をたてるということもできるが、肝心《かんじん》の子がない。

武家の敵討ちというものは、他国へ逃げた犯人を、被害者の肉親が追いかけ、探しもとめて討ち果す。つまり、肉親の怨みをはらさせるのと共に、これは一種の法律の代行ともなるわけだ。

他国へ逃げ隠れた犯人を討つためには、これがもっともよい。

正当な敵討ちならば、これを藩主が許し、さらに幕府へも届け書を出す。

ただし、いかに肉親といえども、先ず、父兄の敵を討つのが原則であって、親が子の、兄が弟の、または夫が妻の敵を討つことは例外である。

伯父伯母や、姉や妹の敵を討つことも同様だ。

事情によっては、そうした敵討ちが許可されることもないではなかったが、

「妻が夫の敵を討つ……」

といって、これが正当にみとめられた場合は、ほとんどないといってよい。

三千代も、はじめのうちは、いかに、夫を殺した近藤虎次郎が憎くとも、自分の手で

虎次郎を討つことなど、

（おもうてもみなかった……）

のである。

近藤虎次郎が三浦芳之助を殺害したのは、三千代との縁談をことわられた腹癒せであったという風評が、しだいに定説となってしまった。

そうなると、虎次郎は、

「武士にあるまじき……」

犯行をしたことになる。

そもそも、原因が下らぬ。

縁談がまとまらぬたびに殺人がおこなわれたのでは、

「たまったものではない」

のである。

それに、どうあっても武士が意趣《いしゅ》斬りをするというなら、相手を斬り殺したのち、自分もいさぎよく自害をすべきなのだ。

そうすれば、後に残った人びとの迷惑も、

「あきらめに変る……」

ことになる。

憎い犯人だとて、これが死んでしまっては、どうにもなるまい。

敵を討たなくとも、名目が立つわけだ。

「近藤は、実に見下げ果てたやつだ」

「三浦芳之助を殺《あや》めるとはな。逆恨みにも程がある」

「あれほどに剣の修行をした男でも、かような醜態をさらすとは……」

家中の人びとの中で、たとえ密かにでも、近藤虎次郎を庇《かば》うものは、ほとんどいなかった。

長い取り調べの後に、近藤家の奉公人は、すべて解き放たれ、それぞれ、おもうところへ去った。

近藤虎次郎は妻もなく、子もない。

まして、殺人犯となって領外へ逃亡したのだから、近藤家が取り潰《つぶ》しになったのは当然であったろう。

同時に藩庁は、三浦家をも、

「断絶……」

と、みとめ、三千代に対しては、

「実家の兄・山口彦太郎が身柄を引き取るべし」

と、申しわたしがあった。

（な、何ということを……）

三千代の胸の底から、勃然《ぼつぜん》と衝《つ》きあがってくるものがあった。

何としても、承服できなかった。

十九歳の若い寡婦となった三千代であるが、

（養子をもらい受け、三浦の家名を存続させたい）

健気《けなげ》に考えていたし、藩庁も、これを許してくれるにちがいないと、おもいこんでいたのだ。

（いささかも、夫には落度がないのに、このような御処分があってよいものか……）

三千代は、すぐさま、実家の兄の許《もと》へ駆けつけて行った。

山口彦太郎は憂鬱《ゆううつ》の面《おも》もちで、三千代を迎えた。

「兄上。これは、あまりの御沙汰ではございませぬか」

「上《うえ》からの御達しだ。どうしようもないではないか」

「いま一度、兄上より、御重役方へ申しあげて下さいませ」

彦太郎が、

（何を、莫迦《ばか》な……そのようなことができるものか、どうか、お前にはわからぬのか）

そういいたげな眼つきで、妹を見やった。

三千代は黙った。

兄を睨《にら》みつけた。

彦太郎は、眼をそらし、口の中で何やらつぶやいたようだ。

今度の処分について、わかっているようなおもいがしている。

そもそも、武士の間の意趣斬りというものは、犯人が悪いのは当然として、一つには、

「武士たる者が襲われて斬り倒されるのは、当人が未熟であり、心得が足りぬからだ」

と、いうことにもなるのだ。

これがもし、斬りかかった近藤虎次郎を三浦芳之助が討ち取ってしまっていたなら、芳之助には何の咎《とが》めもなかったろう。

つまり藩庁は、いろいろと取り調べた結果、これはやはり、虎次郎が三千代との縁談を拒絶されたことを怨み、その鬱憤《うっぷん》が、夫の芳之助へ向けて暴発したと、みとめざるを得なかったのであろう。

武士の掟《おきて》には、喧嘩両成敗《けんかりょうせいばい》というものがある。

喧嘩の処分は五分五分にというわけだが、三千代にいわせるなら、

「とんでもないこと……」

であった。

これは喧嘩でも何でもない。

兇悪な男の剣が、一方的に何も知らぬ夫へ襲いかかったのではないか。

夫には、何の罪もない。
ならば、未亡人の自分へ養子をとらせ、亡き夫の家を、
(立てさせてくれても、よいのではないか……)
このことであった。
兄の彦太郎は、いつまでたっても煮え切らぬ。
人が変ったように、陰気な態度で、烈《はげ》しい妹の言葉にも反応をしめさない。
(ああ……父上が、生きていて下されたなら……)
三千代は、切実に、そうおもった。
憤然と立ちあがった三千代へ、彦太郎がいった。
「何事も、あきらめるのだ」
藩庁の申しわたしがあったからには、
「一日も早く、兄のところへ帰ってまいれ」
と、彦太郎が、これだけは本気になっていった。
妹を引き取らぬと、今度は彦太郎自身が、責任を問われることになるからであった。
いまの彦太郎は、
(妹のしあわせを、踏みにじった……)
近藤虎次郎への怒りも憎しみも、念頭にはないようだ。

すくなくとも、三千代には、そうおもえた。

父・久左衛門が亡くなり、山口家の当主となってから日も浅い彦太郎だけに、今度の事件の巻きぞえになってはならぬと、それのみをおもいつめているらしい。

三千代は、

（もう、兄上なぞ、相談の相手にはならぬ）

と、おもった。

そこで、彦根城下には数少い親類たちの間をまわってみたが、いずれも、

「とんでもないこと……」

だという。

幼いときから三千代を可愛がってくれている母方の叔母の幸《さち》にも、うったえた。

叔母も困惑しきっている。

しかし、叔母の夫の医師・高宮元春は、藩医の一人でもあるだけに、

「よいかな、このたびの事件が、これほどに長い間、お取り調べがあったということは、つまり、それだけ丹念な御扱いがあったということじゃ。その上での申しわたしゆえ、これはただ、三浦・近藤両家のことのみを考えてのことではない。そこを、よくよく考えてみなくてはなるまい。どうじゃ、わかるかな？」

おだやかに、三千代を説いたけれども、

（いいえ、わかりませぬ）

三千代は胸の内で、そうこたえていた。

「彦根三十五万石、井伊家に仕える家来たちは、三浦・近藤の両家のみではない。そうじゃな」

「は……」

「となれば、これより先の、さまざまな事柄におもいをいたし、悪《あ》しき結果が残らぬようにせねばならぬ。そこのところを、よくよくわきまえた上での御処分であろうと、わしはおもう」

そのような、むずかしいことが、

（女の私に、わかろうか……）

であった。

「三千代どのも、侍の家に生まれた女ではないか。さすれば、わしが申すことがわからぬはずはないとおもう」

元春の傍で、叔母が、しきりにうなずいている。

（ま、叔母様までが……）

三千代は、落胆をした。

その日の夕暮れに、三浦の家へ帰ると、山口彦太郎が待っていて、

「明日は、実家《さと》へもどれ。今日、上からの御達しがあった。兄の身にもなってもらわねばならぬ」

と、強い口調であった。

彦太郎は、奉公人たちへも、

「今日かぎりで、立ち退《の》くように」

申しわたしたらしい。

年齢《とし》も若いことだし、逆上《ぎやくじよう》もしていたし、一途《いちず》におもいつめ、取り乱した三千代であったが、

(もはや、三浦の家を立てることは、あきらめねばならぬ)

そのことが、はっきりとわかってきた。

三浦家も、実家の山口家も、数ある藩士の中で身分もさして高いわけではない。

現代でいうならば〔平社員〕のようなもので、藩庁からの申しわたしに逆らうことはできない。

これが重役だとか家老だとかの家に起った事件ならば、自ずと処分も違ってきたろう。

兄が帰ったのち、三千代は、若党の井上忠八をよんだ。

「実家の兄から、立ち退きのことを聞きましたか」

「はい」

井上の両眼に憎悪の色がみなぎっている。

「残念でございます。旦那様を殺めた近藤虎次郎が憎うて、憎うて……」

いいさして井上が、男泣きに泣き出した。

井上忠八は、父子二代にわたって三浦家へ奉公をしているだけに、他の奉公人とはちがう。

芳之助の亡父・三浦平右衛門は、奉公人に慈愛をかけ、芳之助も若い主人としてはおだやかで、たまさかには井上をよびよせ、将棋の相手をさせたりしたものだ。

井上の父親が元気でいたころは、これもいまは亡くなった母親が一人で召使女の役目を果していて、井上は三浦家の一間で生まれたのだから、子供のころの芳之助の遊び相手をもつとめた。

三千代が、三浦家の家財その他の始末について、井上に相談をしかけたとき、

「いまここで、申しあげておきます」

若党の井上忠八は、切迫の顔色《がんしょく》となり、急に声をひそめて、

「私は、かならず、旦那様の敵を討ちます」

と、いったものである。

三千代が、得体《えたい》の知れぬ衝動をおぼえたのは、このときであった。

(旦那様の、敵を討つ……)

それまでの三千代が、おもってもみなかったことである。

それよりも先ず、三浦の家を立てることが、亡き夫や舅へ対する自分の、

(為《な》すべきこと……)

のようにおもわれた。

夫があまりにも一方的に殺害されたこともあって、藩庁も理解をしめし、三千代の願いを聞き届けてくれようと考えていた。

そしていま、三千代の希望は絶ち切られたことになる。

そうなると……。

近藤虎次郎の兇刃によって、自分たちの幸福のみか、三浦の家までも断絶となった怨みと怒りが、

(ようも、このような目にあわせてくれた……)

虎次郎への激しい憎悪のみに、こころが奪われてきはじめたのは事実であった。

(ゆ、ゆるしてはおけぬ。私たちを、このような目に陥《おとしい》れた近藤虎次郎が、おめおめと生きていてよいものか……)

このことである。

そうだ。妻の自分の手で、夫の敵を討たねばならぬ……このおもいが勃然と三千代の胸にわき起った。

その翌日。

三千代は、家財の始末をし、奉公人たちへ分けるものは分けあたえ、暇《いとま》をとらせた。

その中には、井上忠八もふくまれている。

彦根城下は、間もなく、きびしい冬を迎えようとしていた。

すでに初霜も下り、夜間の冷え込みは強《きつ》い。

城下の北方にのぞまれる伊吹山にも、雪が下りた。

ともかくも、こうして、三千代は兄が待つ実家へもどった。

山口彦太郎は、いかにも、ほっとしたおもいを隠そうとはせず、

「よかった、よかった。これまでの出来事は、すべて忘れてしまうがよい。兄もそうしよう」

やさしくいってくれたけれども、三千代は、

(兄上に、敵討ちの助太刀をおたのみしたら、どのようなお顔をなさることか……)

と、おもった。

彦太郎は、あわてふためくにちがいないし、むろん、ちからをかしてはくれまい。

山口彦太郎は、忌《いま》わしい事件を歳月が消し去ってくれることのみを念じているのであろう。

実家へ帰って十日後に、突然、三千代の姿が、屋敷からも彦根城下からも消えた。

三千代が持って出たものは、ほんのわずかな身のまわりの品々にすぎなかった。

だが、亡き夫・三浦芳之助が所持していた備前勝光《びぜんかつみつ》の脇差が消えている。

それと知って、兄の山口彦太郎は、

(まさかに、夫の敵を討つつもりでは……)

信じられぬ顔つきになった。

彦太郎は、このことを、すぐさま山口・三浦両家の親類たちに計り、藩庁へ届け出た。

ただし、勝光の脇差を抱いて失踪《しっそう》したことは隠しておいた。

夫婦となっての歳月も浅かったにもかかわらず、夫の横死が三千代に深い悲しみをあたえ、彦根城下にも居たたまれぬおもいがして何処かへ去った、というかたちにしたのである。

これが、たとえば一家の当主なり、跡つぎの男子の失踪ならば、藩庁としても捨ててはおけぬところだが、女の失踪については、さして関心をしめさぬ。

山口彦太郎は、内心、ほっとしたらしい。

その一方では、たった一人の妹である三千代の身を案じて、夜も眠れぬ明け暮れがつづいたことも事実であった。

さりとて彦太郎自身が、妹を探しに旅へ出ることはゆるされぬ。

彦太郎は、彦根城下以外の土地に住む遠縁の人びとや知人へ手紙を出し、三千代の事を問い合わせるのが精一杯のところだったといえよう。

（女の身で、何という愚《おろか》なまねをしたのだ。三千代は、いったい何を考えているのだろう）

実家へもどってからの三千代の挙動に、おもいあたるふしはなかった。

その十日の間、三千代は亡夫の墓詣《まい》りもしていない。

外へは一歩も出ず、家に引きこもったままだったのである。

三浦家から移して来た芳之助の位牌さえ、持って出なかった。

ただ、勝光の脇差がない。

そのことが、山口彦太郎を不安にさせている。

（そうだ。敵討ちに出たのではない。自害をするつもりで……）

そうおもうと、さすがに、居ても立ってもいられぬおもいがしてくる。

「なに、そのうちに、きっと、彦根へもどってまいろうよ」

などと、暖気《のんき》なことをいう親類の老人もいたが、彦太郎にしてみれば、幼少のころから一途《いちず》のところがある妹の性格をおもうと、とても、そのような気持ちにはなれなかった。

そして……。

この年も暮れ、天明五年（西暦一七八五年）の年が明けた。

蒔絵師《まきえし》の家《いえ》

天明五年の正月を、三千代は京都で迎えた。
徳川幕府の京都における官邸でもあり、根拠地でもある二条城の近くの、油小路《あぶらのこうじ》・二条に、
〔御蒔絵師《まきえし》　田村直七《たむらなおしち》〕
と、しるした表札を門口にかけた小さな家がある。
そこに、三千代はいた。
二条城のまわりには、奉行所や所司代《しょしだい》や大名の屋敷などがたちならび、厳《いか》めしい空気がただよっているけれども、油小路へ入ると、このあたりは、さまざまな工匠《こうしょう》の家や小さな商家が多く、日中もひっそりとしている。
蒔絵師の田村直七は六十がらみの老人で、朝から夜まで、蒔絵の仕事にうちこみ、ほ

とんど口をきかぬ。

入口の、うす暗い土間の左側に「格子《こうし》の間」とよばれている板敷きの部屋があって、そこが直七の仕事場であった。

格子の間には、蒔絵に使う漆のにおいが濃くたちこめている。

小屏風《こびょうぶ》を立てまわし、日中でも灯《あか》りをつけ、眼鏡をかけた直七老人は蒔絵の筆をうごかしている。

痩《や》せて小さな、まるで少年《こども》のような躰つきの直七にくらべると、女房のお房《ふさ》は、でっぷりとした大柄な老婆で、愛想もよい。

実は、このお房が、井上忠八の母方の伯母にあたる。

井上の伯母の嫁ぎ先に三千代が隠れ住んでいるということは、三千代が井上忠八と、

「しめし合わせて……」

彦根城下を出奔したことになる。

そのとおりであった。

三浦家での最後の夜に……。

三千代は、

「夫の敵を、ぜひとも討ちたい」

井上は、

「主人の敵を……」

というわけで、おもいがけぬ共感が生じてきて、

「では、私を助けて下さるか？」

と、三千代がいえば、

「いかようにも、おちからになりまする」

井上も、いわゆる騎虎《きこ》の勢《いきお》いで、

「では、御城下を脱《ぬ》け出られるおつもりですか？」

「はい」

「わかりました。それでは忠八の申すことを、よう、お聞きなされますよう」

そこで井上は、三千代が出奔するについての注意を細《こま》ごまとあたえた。

「それまでは、たがいに、顔を合わせてはなりませぬ。ようございますか……」

「わかっています」

井上忠八と約束をした日の朝も暗いうちに、三千代は兄の屋敷を脱け出した。

井上にいわれたとおり、ほんの身のまわりの物と、勝光の脇差だけを持っただけだが、

「侍の家とて、いまの世には、いつなんどき、どのような入費があるやも知れぬとおもい、かねがね心がけていたのじゃが、これほどの金を蓄えるのが、ようやくのことであった」

こういって、三浦家の舅《しゅうと》が亡き夫へ遺《のこ》しておいてくれた金四十五両を、三千代は抱きしめていた。

この金のことを、兄の山口彦太郎は気づいていない。

当時の四十五両という金は、庶民の一家族が五、六年を生活することができる金高とおもってよい。

三千代は山口家を脱け出すと、彦根城下から琵琶湖に沿った道を、犬上川のほとりまで一気に走った。一里足らずの道のりであった。

犬上川が琵琶の湖面へそそぐあたりに地蔵堂があって、そこに井上忠八が約束どおり、待っていてくれたのである。

まだ、朝の日は昇っていなかった。

百姓姿になった井上は、小さな荷車を曳《ひ》いてきていた。

荷車の上に、大きな木箱が一つ積まれて、何枚も筵《むしろ》がかぶせられていた。

「さ、この箱の中へ、お入りなされますよう」

「まあ……」

おどろいたが、入って仰向けに身を横たえると、さして窮屈でもない。

箱には、いくつも穴があけてあり、呼吸も苦しくなかった。

こうして、三千代と井上忠八は約十八里の道を京都へ向い、無事に蒔絵師の家へ到着した。

井上忠八の亡父が、近江の草津の出身だということは、三千代の耳へ入っていたし、

「京には、伯母がひとり、住み暮しておるそうな」

と、亡夫の三浦芳之助から聞かされたこともある。

「伯母は、ゆったりとした人柄で、あまり細ごまと気をつかいませぬ」

井上が、そういった。

しかし、これから女の身で敵討ちの旅に出るなどと聞いたら、

「伯母も伯父も、びっくりいたしましょうから、そこは私が、うまく申し聞かせておきます」

と、井上は、京都へ入る前に三千代と打ち合わせをすませた。

亡夫の死後、いろいろと面倒な事が起きたので、一時、身を隠し、やがては彦根へ帰るのだと、井上は伯母にいったらしい。

いま、三千代は、蒔絵師の家の二階の一間に暮している。

二階といっても一間きりの、それも屋根裏のようなかたちの小部屋であったが、終日うす暗い階下にくらべて日も射《さ》し込むし、風通しもよい。

蒔絵師・田村直七とお房の老夫婦は、甥の井上忠八から事件のあらましを聞き、

「お気の毒にな……」

「わしらにできることなれば、何なりとさせてもらおう」

しきりに気をつかってくれているが、三千代の傷心を推《お》しはかってか、あまり言葉をかけようとはせぬ。

それが却《かえ》って三千代にはありがたかった。

井上忠八は、いま、この家にいない。

三千代を伯母の許へあずけ、三日ほどしてから井上は、京都をはなれた。

近藤虎次郎を討つにしても、先ず、その行方を探っておかねばならない。

彦根城下を脱走した虎次郎が、どの方面へ逃げたのか、たとえ、

「おぼろげながらでも、突きとめておきませぬことには……」

と、井上は三千代にいった。

現代より約二百年も前の当時の日本では、人が歩む道、住む場所というものが限られていた。

どこの町や村にも、新しく人が住みつけば、たちどころにわかってしまう。

人口も、非常に少かったし、人びとの生活の基盤は、それぞれ決まっていて、そこから外れると暮しが成り立たぬようにできている。

もっとも旅人は別だが、それとても、およその人相なり身分なりをたよりに、人が歩む道を辿《たど》って行けば、およその消息がつかめたものなのだ。

街道筋で、近藤虎次郎らしい人を見たという人を見つけ出せば、こちらの旅立ちにも目当てがつく。

それに、虎次郎を見つけ出して、いざ討ち取ろうとしても、正面から立ち向って行ったのでは、

「到底、勝ち目はございませぬ。近藤を討つためには、こちらも、そのつもりになりませぬと……」

井上は、奇襲するよりほかに手段はないと、おもいきわめているようだ。

脱出した近藤虎次郎が、彦根から近い京や大坂へ逃げたとはおもわれぬ。

となれば、

「やはり、江戸……」

と、いうことになる。

小さな町や村にいては、すぐに人目にたってしまうわけだから、身を隠すには、やはり大きな都市がもっともよいのだ。

山の奥深く入り込めば、人の目にもふれぬだろうが、木樵《きこり》や猟師《りょうし》でもないかぎり、山中で暮しをいとなむことは不可能といってよい。

現代のように、山の中から自動車で食糧を買いに行くようなわけにはまいらぬ。

蒔絵師の家にいて、三千代は井上忠八がもどるのを待ちかねている。

近藤虎次郎への憎しみは募《つの》ってくるばかりであった。

夫との、幸福な明け暮れを一夜のうちに奪い取った男なのである。

それも、

(理不尽《りふじん》きわまる……)

方法で、三千代の幸福を踏みにじった。

虎次郎に立ち向って、たとえ返り討ちにされようとも、

(私は、かまわぬ……)

とさえ、三千代は決意をしていた。

虎次郎の刃にかかり、亡くなった夫の許へ行き、夫と二人で、

(虎次郎を呪《のろ》い殺してやる……)

このことであった。

さて……。

正月もすぎ、二月に入ると、

「忠八は、いったい、どうしているのやら……?」

伯母のお房も心配しはじめたし、さすがに三千代も、気が気ではなくなってきた。

そこへ、井上忠八が帰って来た。

旅姿の井上は、いくぶん頬が瘦《こ》け、旅の疲れがあきらかに見てとれたが、それでも元

気のよい声で、先ず伯父と伯母に、こういった。

「ようやく、彦根の方も面倒なことがなくなりましたゆえ、三千代様を送りとどけて、私は、ひとまず、草津の方へ落ちつくつもりです」

近江の草津には、井上の縁者もいるらしく、

「おお、それは何よりのことや」

お房もよろこんで、

「三千代さま。ようござりましたなあ」

「はい」

うなずいた三千代は、井上が近藤虎次郎の消息をつかんだにちがいないと感じている。

果して、そのとおりであった。

夜に入ってから井上が三千代の部屋へあがって来て、

「近藤は江戸へ向ったようでござります」

「やはり……」

「はい。あれから私は、東海道と中山道《なかせんどう》の宿場《しゆくば》宿場を探って歩きましたが、近藤らしい旅の侍を泊めた旅籠《はたご》を、東海道の御油《ごゆ》で見つけました」

「それは、まことに……？」

「はい。それから先へ、白須賀《しらすか》、見付のあたりまで、近藤虎次郎の足取りをつかみまし

てございます」

「見付というと、あの……？」

「遠州《えんしゅう》でございます」

「まあ、そのようなところまで……」

「何分にも、月日がたっておりましたので、探るのに手間取りました」

「御苦労をかけました」

「何の、それよりも、これから先のことでございます」

「すぐに、京を発ちますか？」

「はい。なれど、その前に、申しあげておかねばなりませぬ」

「何のことでしょう？」

「まことに申しあげにくいことながら……」

と、井上忠八がいい出たのは、これから江戸へ旅立つ二人の身分のことであった。

実家へもどった三千代は、彦根藩士・山口彦太郎の妹であり、その兄の家を無断で脱出したわけだから、おだやかではない。

「ぜひとも、夫の敵を討ちたい」

と、藩庁へ願い出て、これが許可されたというのなら、はなしは別である。

しかし、他藩のことは知らず、彦根藩では、妻が単身、夫の敵討ちに出ることをゆるさぬ。前例もない。

ゆえに三千代は、彦根藩士の家族でありながら、禁を犯したことになる。

正式の身分と名前で、堂々と旅をするわけにはまいらぬのだ。

当時、人が旅をするには、だれしも、自分が所属する町や村の、あるいは藩庁のゆるしを得て、その証明をもらわねばならぬ。

東海道ならば、箱根に関所があり、これを通過するためには、旅行のための切手なり手形(証明書)をもらわねばならぬ。

これは現代人が外国へ旅するためにパスポートが必要なのと同じことで、前《さき》にのべたごとく、そのころの日本は、諸大名が治める大小の国々に分れていたからだ。

井上忠八は、三千代と自分に必要な切手を、近江の草津で得ることにしたらしい。

草津には、井上の親類もいるし、何かにつけて便利なのだという。

むかしとちがって、いまは旅行の手つづきも、

「さほどに面倒ではありませぬが、ともかくも、江戸へ着くまでが肝心《かんじん》でございます」

と、井上はいった。

三千代は、うなずいた。

つぎに井上は、意外なことをいい出した。

井上忠八は、便宜《べんぎ》上、江戸へ着くまでは自分の妻になっていていただきたいと、いい

出したのである。

三千代は、おどろいた。

井上は狼狽《ろうばい》しながらも、

「それでないと手形も切手も、手に入りませぬ」

懸命にいった。

なるほど、それはそうかも知れぬ。

井上自身は、断絶の三浦家から暇を出されたのだから、すこしも世を偽《いつわ》ることはない。

自分が名前を変えて、その妻になったとすれば、これも、

(怪しまれずにすむ……)

と、三千代にも納得できた。

「江戸へ着くまでの御辛抱でござります」

「わかりました」

三千代が承知したのを見て、井上は、

「これで、やっと安心いたしました」

と、額の汗をぬぐった。

すでに井上は、草津の親類たちへ、三浦家が断絶した事を語り、

「これから、京へもどり、伯母の世話で妻を迎えて、江戸へ出るつもりだ。いや、江戸

へ着いてからのことは、こなたにも心づもりがあるゆえ心配はない」

こういってあるそうな。

井上が階下へ去った後で、

（こうなれば、何事も忠八にまかせるよりほかはない……）

三千代は、こころを決めた。

夫婦ではなく、主従ということになれば、先ず三千代が主体となって身分の証明をせねばならぬ。

夫婦といっても、名のみのものだ。

江戸へ到着し、小さな家でも見つけて住み暮すようになれば、表向きはともかく、彦根にいたときのような主従の関係へもどるのである。

当時の女は、他国への旅など、

「おもいもよらぬこと……」

であって、それだけに三千代は、あらためて、行手《ゆくて》の苦労を想《おも》わずにはいられなかった。

それを想うにつけ、近藤虎次郎への憎悪が燃えあがってくる。

（きっと……きっと、見つけ出して、旦那様の御無念をはらさずにはおかぬ）

翌朝になって、三千代は井上忠八をよびよせ、

「これを、あずけておきます」

三浦家から持ち出してきた舅の遺金四十五両を出し、井上の前に置いた。

井上は、しばらく考えていたが、やがてきっぱりとした声で、

「たしかに、おあずかりいたしました」

と、いった。

それから三日後に、三千代と井上忠八は京都を発った。

井上は伯父夫婦に、あらためてこういった。

「彦根の様子も落ちついたようで、三千代様がもどられてもよいことになりました。私は御供をして彦根へまいり、それより江戸へまいってみようかとおもうています」

伯母のお房は、井上の言葉を、

「さよか。それはよかったの」

すぐに受けいれてくれたが、お房の夫の田村直七は、

「そのように、うまく運べばよいが……」

「伯父御。案じなされるな」

「そもそも、わしは、こたびの事が、ふしぎでならぬ」

いつもは無口な老人なのだが、このときは、めずらしく自分から口をきって、

「忠八どのは、何ぞ、わしやお房に隠していることはないか？」

「いえ、何もありませぬ。それは何故で……?」

「くわしいはなしを耳にしたわけでもないのに、このようなことをいうてはいかがなものかとおもうのやが……」

「何なりと、いってみて下され」

「彦根の井伊様の御家中《ごかちゅう》のことは何も知らぬなれど、こたびの事について、井伊様御重役方の御処置には、いまひとつ、わしには納得の行かぬところがあるのや」

「それはもう、その通りです。あまりにも片手落ちのお取りはからいにて、これでは亡くなった旦那様も浮かばれますまい」

「ふむ……」

老いた蒔絵師は、沈黙した。

何事にも慎重な人柄だけに、これだけのことをいい出したのが精一杯であったとみてよい。

田村直七は蒔絵師として、京都でも名を知られた工匠だけに、公家や武家方の仕事も少くない。

ゆえに、大名家というものが、どのようなものかをわきまえている。

「伯父御の納得が行かぬと申されるは、どのような?」

「さ、それが言葉には、うまく出せぬが、何とのう……」

いいさして直七は、口を噤《つぐ》んだ。

井上忠八が、別に気にとめもせず、立ちあがりかけたとき、田村直七が老顔をあげて、

「のう。こたびの事については殿様なり御重役方なりの、深い存じ寄りがあってのこととおもわれてならぬ。三千代様へも、このことをよう申しあげ、みだりなまねをなさらぬよう、おつたえするがよい」

「はい。そのようにつたえましょう」

と、こたえたが、井上は伯父の、この言葉を三千代につたえなかった。

どうでもよいことだと、おもったのであろう。

春雷《しゅんらい》

闇の中から、いつの間にあらわれたのか、夫の三浦芳之助が三千代の臥床《ふしど》へ音もなく近寄って来たかとおもうと、いきなり、三千代の寝衣を剝《は》ぎ取り、激しく抱きしめてきた。

（旦那様は、亡くなってはいなかった……）

おどろきとよろこびとに我を忘れ、三千代は、しきりに何やら問いかけつつ、芳之助の愛撫にこたえはじめている。

だが、芳之助は一語も発せず、恐ろしいほどのちからを双腕《もろうで》にこめ、三千代の裸身を抱きしめている。

三千代は、自分の肌身が粉々になり、闇の中へ飛び散ってしまうのではないかとおもった。

そして、おもわず、狂喜の叫びを発した。
はっと目覚めたのは、そのときである。
(あ……夢……夢であった……)
木綿の夜具の中で、全身がうす汗にぬれていた。
(な、なんという夢を、見てしもうたのか……)
夢現《ゆめうつつ》のうちに、
(たしかに、私は、声をあげたような……)
おもいがしてならぬ。
三千代は、羞恥《しゅうち》で身が竦《すく》んだ。
部屋の片隅で、井上忠八の寝返りを打つ気配が、あきらかであった。
(忠八の耳に、私の声が、聞こえたのでは……!?)
そうおもうと、居ても立ってもいられなくなってきた。
このようなことは、江戸への旅へ出てから、はじめてのことだ。
雨の音が軒を叩《たた》いている。眠っているうちに降り出したらしい。
覆《おお》いをかけた行燈《あんどん》の灯影《ほかげ》をも避け、三千代は掛蒲団《かけぶとん》の襟を顔の上まで引き上げた。
井上忠八の、若い男の濃い体臭が、部屋の中にこもっている。
また、井上が寝返りを打った。

（やはり、私は、声をあげたにちがいない。それを……それを、忠八に聞かれてしまった……）

なんともいえぬはずかしさであり、また、自分が惨めでもあった。

いま、二人は仮の夫婦として、旅をつづけている。

夫婦であるからには、二つの部屋に泊るわけにはまいらぬ。

そのようなことをすれば、怪しまれるにきまっている。

これは井上が、そのようにいうし、三千代も了解してのことだが、一昨日あたりから、得体の知れぬ不安が三千代の胸に兆《きざ》しはじめたことも事実だ。

ここは、東海道・御油《ごゆ》の宿場の旅籠《はたご》〔万屋助左衛門《よろずやすけざえもん》〕方の、二階の部屋であった。

三千代と井上忠八は、すでに三河の国（愛知県）へ入っている。

京都から御油までは四十八里十六丁。

御油から江戸までは、七十六里四丁である。

御油は、徳川幕府が東海道五十三次の宿駅をさだめてから、繁昌《はんじょう》をした宿場町で、東海道の宿場の中でも、脂粉《しふん》の香りのたかいところだそうな。

夕暮れに、この宿場へ入って来た三千代も、

「あれまあ、よい男の旅の人。泊らしゃりませ」

「泊らしゃりませ」

けたたましい声をあげ、千本格子のはまった旅籠から飛び出して来た女たちを見て、三千代は、おどろきの目をみはった。

女たちは、俗に「飯盛り」とよばれる女中(兼)娼婦《しょうふ》だし、遊女屋の軒先からも、むせかえるような白粉《おしろい》の匂いをさせた女たちが、旅の男へ飛びついてくる。

二人が旅装を解いた万屋は、飯盛り女を置かぬ旅籠であった。

井上忠八は、宿帳に近江・彦根の浪人であることを明記し、名前も偽らずに書きしためた。

事実、そのとおりなのだから包み隠すこともない。

若党というのは、ともかくも、

「侍の端くれ」

と、いってよい。

武家の従者ではあるが、大小の刀を腰に帯びることをゆるされている。

そして三千代は、井上の妻お房ということになっていた。

この名は、井上が京都の伯母の名を転用したものである。

京都を出てから、井上と三千代は近江の草津へ立ち寄り、五日ほど滞留《たいりゅう》をした。

草津の旅籠・鍵屋《かぎや》の主人の利兵衛《りへえ》は、井上忠八の亡父の従弟にあたる。

そこへとどまっているうちに、三千代と井上の〔旅行証明〕に必要な書類などが、ととのえられた。

「手つづきを急ぎましたので、いささか、入費がかかりました」

と、井上は三千代に告げた。

いくら、かかったのか、三千代は尋《き》こうともしなかった。

すべてを、井上にまかせていたからだ。

草津を出てからは、何分にも、初めての旅であるし、近江の国へ入れば彦根の者の顔を見かけることも、

「ないとはいえぬ……」

わけで、三千代も心身の疲れが激しかった。

近江から鈴鹿峠を越え、伊勢の国へ入り、桑名から船で宮へわたって、尾張の国へかかるころまでは、

(旅をするとは、このように難儀なものか……)

旅籠へ着き、一日の汗をながし、夕餉をすませると、もう欲も得もなく眠りたかった。

さいわいに、近江の草津を出てから晴天がつづいているし、

「急がずとも、ゆるりとまいりましょう」

と、井上忠八も一日の行程を少くしてくれているのだが、それでも全身が綿のように疲れ、両足が熱して痛む。

三千代は、それを顔には出さぬようにした。

それだけに、旅籠の寝床へ入るや否《いな》や、たちまちに深い眠りへ落ち込んでしまい、夢も見なかった。

だが、そのうち、しだいに歩むことにも慣れたのかして、少しずつ毎日の旅が、

(楽になってゆく……)

ようなおもいがしてきはじめた。

井上忠八は健康な若者だが、これも何となく憔悴《しょうすい》の様子で、朝、旅籠を出るときも両眼が赤い。

(忠八も、何かと気をつこうてくれて、疲れるのであろうか……)

「疲れはしませぬか?」

むしろ、三千代のほうから、
井上へ声をかけることもあったほどなのだ。

そうしたとき、井上は、

「いえ、大丈夫でござります」

元気な声で、こたえた。

旅慣れてくるにつれ、三千代にも余裕《ゆとり》が出て、旅籠に着くと、

「忠八。すこしならば、お酒をのんでもかまいませぬ」

井上をいたわる気持ちも出てきた。

井上は、酒がきらいではない。

亡夫の三浦芳之助が、たまさかには井上をよび、酒の相手をさせることもあった。主従ではあるが、二人は幼少のころから同じ屋敷に住み暮してきただけに、

「忠八はな、まだ幼いころに、癇癪《かんしやく》を起し、私を撲《なぐ》りつけたことがある。いや、この男、いざとなると大変な力もちだ。あのときの大きな瘤《こぶ》は忘れぬぞ」

などと、酒に酔った芳之助がいい出すたびに、井上は閉口していたものだ。

三千代は、今度の道中で三千代がすすめても、酒は一滴も口にせぬ。

井上は、安心しきって、すべてを井上にまかせていたのだが、御油へ泊った日の前日の夜ふけに、三千代は、はっと胸をつかれた。

その夜は、尾張から三河の国へ入り、池鯉鮒《ちりふ》の旅籠・山吹屋新兵衛方へ泊ったのである。

「明日も、よい天気のようでござります。泊りは御油になりましょう」

夕餉の折に、井上忠八が三千代にいった。

旅籠の女中たちが出入りをするので、井上は三千代の夫らしく、上座に坐っているが、眠るときは自分の寝床を襖《ふすま》の際まで引き離すのが、毎夜の例となっている。

三千代は、それを見ても、別に何ともおもわなかった。

身分がちがうのだし、井上は三浦家の奉公人であったからだ。

ところが、池鯉鮒へ泊った夜ふけに、三千代は、ふと眠りから覚めた。

これは、旅へ出てからはじめてのことだ。

もう、春が来ている。

妙に生《なま》あたたかい夜の闇が、せまい部屋の中に重くたれこめていた。

行燈には覆いをかけ、淡い灯影を残してあるので、真暗闇ではない。

三千代は喉《のど》が乾いて目覚めたらしい。

（水を……）

と、枕元の水差しへ手を伸ばそうとして、三千代は急に躰を竦めた。

男のにおいが、たちこめているのに気づいたからだ。

若いだけに、井上忠八の体臭は濃い。

その男のにおいが、三千代に亡き夫の躰を想い起させるのと同時に、

（私は、若い男と、一つ部屋に眠っている……）

このことが、あらためて感じられてきた。

これまでの何日かの道中では、井上を男として見なかったわけではない。

しかし、心身の疲労と深い眠りと、彦根や京都での井上と一つ屋根の下に寝起きをしていた事もあって、そのようなことを、ことさらに感じたり、おもったりしたことがな

かったといってよい。

三千代が、はっと身を固くしたとき、襖の際の寝床で、井上が深い溜息を吐《つ》き、寝返りを打った。

三千代の動悸《どうき》が激しくなったのは、このときであった。

また、井上が寝返りを打った。

三千代は、井上へ背を向け、身を横たえている。

またしても、井上の悩ましげな吐《と》息《いき》が聞こえた。

（忠八は、毎夜毎夜、このように眠ってはいなかったのではあるまいか……？）

三千代は、愕然《がくぜん》となった。

それからの三千代は、ほとんど眠れなかった。

井上忠八が寝返りをする気配は、明け方までつづいた。

（私が目覚めていたことに、忠八は気づいたろうか……？）

これまでは、ただもう日々の道中の疲れに熟睡《じゅくすい》しつづけていた三千代も、

（これは、いけない）

はじめて、我に返った。

（私と忠八は、彦根の御城下の、三浦の屋敷にいるのではない）

このことであった。

翌朝になって……。

池鯉鮒の旅籠を発つときの三千代は、すくなくとも前日までの三千代ではなくなっている。

井上忠八の両眼は、今朝も血走っていた。

前日までは、それが、やはり旅の疲れなのかとおもっていた三千代なのに、今朝はちがう。

「昨夜は、よく、おやすみになれましてござりますか？」

歩む三千代の背後から、井上が低い声をかけてよこした。

「はい」

「さようでござりますか。それならば……」

いいさして、口ごもる井上を振り向いて見ることが、三千代には怖かった。

だからといって、井上忠八と道中をすることが危険だというのではない。

ないが、しかし、若い井上にとって三千代と共に、旅籠のせまい一間で共に眠るということが、どのようなものか……。

この年で二十歳になった三千代も、去年の夏までは人妻であったのだ。

男の躰、男の欲望というものがどのようなものか、知らぬわけではない。

（いけない。このように夜をすごしていては、いけない……）

ただ、そうおもうだけで、それならばどうしたらよいかという思案も、浮かんではくれぬ。

(困った……ほんに、困ってしまう)

井上も、三千代の様子が前日までとはちがっていることに気づいているらしい。

(忠八は、何と、おもっているのだろう?)

前日までは、こだわりもなく語りかけていた自分なのに、今朝から急に無言のまま、むしろ井上の視線を避けるようにしている。

そうした自分を、背後からついて来る井上忠八が、凝《じっ》と見つめている……。

こうして二人は、ともかくも御油の宿場へ入ったのである。

夕餉のときに井上は、呻《うめ》くような声で、

「いま、しばらくの御辛抱でござります」

といった。

それから、寝床へ入ったのだが、いつもは三千代が床へ入るまでの間、井上は部屋から出た。

そのついでに、手水《ちょうず》へ行くらしい。

井上がもどって来て、

「おやすみなされませ」

挨拶をすると、三千代は半ば眠りの中へ沈みかけながら、

「はい。そなたも、ゆるりと……」

こたえるのが精一杯のところで、たちまちに寝入ってしまう。

ところが、御油の旅籠での、この夜は双方が同じことをし、同じ言葉をかわしつつ、それが何としてもぎごちない。

躰は疲れ切っているのに、頭が熱していて、三千代はなかなかに寝つけなかった。

(井上忠八が怪しげなふるまいをするはずがない。忠八にかぎって、そのようなことは……)

ここは、野中の一軒家ではない。

他にも旅客が泊っている旅籠なのだ。

井上忠八とて、いきなり無体《むたい》なまねをするわけもない。

(いかに夫婦という名目で泊ろうとも、部屋を二つ、とれぬはずはないのではないか……)

ふと、おもった。

井上は、前夜のように寝返りを打たぬ。ためいきも吐かぬ。

(忠八は、私が寝入っていないことに気づいている……)

しばらくすると、井上の濃い体臭が部屋にたちこめてくる。

わけもなく、三千代の動悸が激しくなってくる。

(そうだ。明日は何としても忠八にたのみ、泊り部屋を別にしてもらわねば……)

どれほどの時間がすぎたものか、三千代にはわからなかったけれども、そのうちに、すっと眠りに引き込まれていった。

何といっても、今日の道中の疲れが層倍のものであったからだろう。

そして、亡き夫の夢を見た。

これまで、三浦芳之助の夢を見なかったわけではない。

だが、たがいの裸身を狂おしげに愛撫し合うという、夫と自分の激しい姿を夢に見たのは、今夜がはじめてなのだ。

(聞かれてしまった。夢の中で、私があげた声を、忠八は、きっと、聞いてしまったにちがいない)

それから、夜が明けるまでの時間は、三千代にとって堪えがたい長さであった。

翌朝の膳に向ったとき、井上忠八は目を伏せたまま箸《はし》をうごかし、一度も三千代を見ようとはしなかった。

この夜は、三河から遠州へ入り、新居《あらい》の宿《しゅく》へ泊り、翌日は浜名湖を舟でわたり、浜松の城下を過ぎ、見付の宿の旅籠・梅屋吉五郎方へ旅装を解いた。

新居には関所があって、ことに詮索《せんさく》がきびしい。

新居へ泊った翌朝。関所を無事に通過することができたときは、さすがに三千代もほっとするおもいであった。

井上忠八も、

「ようございましたな」

久しぶりに明るい笑顔を見せ、

「新居の御関所にくらべると、箱根の御関所は、ずっと、ゆるやかだそうでございます」

「それなら、よいけれど……」

「はい。これより江戸までは七十里足らずと申します。いましばらくの御辛抱でございます」

そうだ、私のみではない。井上忠八だとて、

(凝と、さまざまなことを堪《こら》えているにちがいない……)

そうおもうと、三千代も、いくらか気が楽になった。

男女の間柄は別としても、主家の未亡人を、自分の妻と偽って江戸への旅をつづけているのだから、井上の心労も、

(なみたいていではないはず……)

であった。

それから、見付の宿へ入るまで、二人は以前のように語り合うことができたし、笑顔を見せ合うこともできた。

（江戸へ着くまでは、忠八の心労をおもうて、私も辛抱をしなくては……）

三千代は、自分にいいきかせた。

こちらが、男女の間柄にこだわるから、それが井上へも反映してしまうのではないか。

（前のように、していればよい）

そのためか、見付の旅籠の寝床へ入ると、四日ぶりで、三千代は熟睡することができた。

翌朝、それとなく井上の顔色をうかがって見ると、やはり、両眼が血走っている。

（忠八は、昨夜も、眠らなかったのかしら……？）

だが、三千代は、

（もう、気にすまい）

と、おもい直した。

見付の旅籠を出るとき、井上は、またも、

「いま、しばらくの御辛抱でござります」

三千代の背へ、声をかけてよこした。

その声は、三千代にではなく、自分自身へいいきかせているかのようでもあった。

この日は、朝から曇っていた。

だが、灰色の空は、わずかに明るみをふくんでいたし、

「今日いっぱいは保《も》ちましょう。大丈夫でござります」

旅籠の番頭も、そういっていた。

見付の宿場を出ると間もなく、街道は、ゆるやかな上りとなる。

今朝は、いくらか寝すごしてしまったほどなので、三千代は足の運びも元気である。

「今日の泊りは、金谷《かなや》にいたしましょう」

「はい」

「お疲れになりませぬか？」

「大丈夫です」

見付から一里半で、袋井《ふくろい》の宿へ入る。

上りの街道は三香野坂《みかのざか》といい、坂の上には葦簀《よしず》がけの茶店があり、道中馬と共に老いた馬子《まご》が茶をのんでいた。

「乗っていきなさらねえかよ」

馬子が声をかけてよこしたので、

「いかがで……？」

と、井上が三千代へすすめたけれども、

「いいえ、大丈夫」

三千代は、かぶりを振った。

今日のような薄曇りのほうが汗もかかぬし、歩きやすい。

袋井から、約三里で掛川へ入る。

袋井を過ぎ、両側を山なみに囲まれた細長い田地の中の街道を行くうちに、黒い雲がしきりにうごきはじめてきた。

風が出てきたのである。

原川という川に架《かか》った二十七間《けん》の土橋をわたっているとき、突然、稲妻が疾《はし》った。

ついで、雷鳴が聞こえ、大粒の雨が落ちてきはじめた。

「これは、いけませぬな」

後ろについていた井上忠八が三千代の傍へ出て来て、

「お急ぎになりませぬと……」

「はい」

「どこぞで、雨宿りをいたしませぬと……」

「春なのに、雷が……」

「春先には、よくあることでございます」

向うから、このあたりに住む百姓らしい男が空を見上げながら走って来て、橋をわた

りきった二人へ、

「こりゃあ、降って来ますよう」

声を投げ、橋を駆けわたって行く。

また、稲妻が光り、雷鳴がとどろいた。

雨が叩いてきた。

「あれに茶店がござります」

井上忠八が、安堵《あんど》の声をあげた。

その、葦簀張りの茶店には人の気配がなかった。

つまり、商売をしていなかった。

東海道の道中では、街道のところどころに、こうした茶店を見ることができる。

近くに住む人びとが、街道筋へ仮小屋をたてて、茶や饅頭《まんじゆう》を出し、草鞋《わらじ》・杖・雨具などを売る。

この茶店は、廃業をしてから大分に月日がたっているらしい。

茶店のまわりを葦簀で囲ってあるが、中へ入ってみると、埃《ほこり》のつもった客用の腰かけが片隅に積み重ねてあるだけで、器物もなければ薪《たきぎ》もない。

三千代と井上忠八が、中へ飛び込んだとき、叩きつけるような豪雨となった。

「ああ……ようございましたな」

「この茶店、だれもいませぬ」

「商売を、やめたのでございましょう」

竈《かまど》の奥に二坪ほどの板の間があった。

「ま、奥で、おやすみを……」

井上は、手ぬぐいを出して板の間の埃を払い、

「さ、こちらへ」

「はい」

三千代は、板の間へ腰をおろした。

井上は土間へもどり、葦簀の間から外をながめ、

「これは、ひどい降りになったものだ」

と、つぶやいた。

稲妻が光り、雷鳴のとどろきは激しくなるばかりであった。

三千代は、櫛《くし》で髪の乱れを直した。

夕闇がたちこめているように暗い土間の方で、

「これでは、お茶もさしあげられませぬ」

という井上の、低い声が聞こえた。

「いいえ、かまいませぬ」

こたえた三千代に、井上が何かいったが、雷鳴に消された。

雷鳴もひどかったが、雨音も激しい。

井上が佇《たたず》んでいる土間へ、板屋根から雨が降ちてきた。一通りの雨漏りではない。

それに気づいた三千代が、

「こちらへ、こちらへ……」

「は……どうも、これは……」

「ほんに、ひどい雨」

「通り雨でございましょう。間もなく熄《や》みまする」

「それならよいが……」

井上忠八が、竈のあたりまで寄って来た。

三千代は、まだ、髪を直している。

それからのことを、三千代は、くわしくおぼえていない。

ただ、井上忠八へ対しては、別に警戒をしていたわけではない。

昨夜からは、三千代の心も落ちついていたし、雷雨の中の小屋に二人きりでいることも、気にしていなかったといってよい。

小屋の中は薄暗くとも、それは俄《にわ》か雨の所為《せい》であって、いまは日中なのだ。

しかも、此処は街道に面した小屋なのである。

三千代は、

「春先に、このように、ひどい雷が……」

いいさして振り向いたとき、井上忠八が、すぐ自分の後ろまで来ているのを知った。

井上の両眼が、異様な光りをたたえている。

三千代は、声をのんだ。

そのときの井上の、生唾《なまつば》をのむ音が強い雨音の中で、はっきりと三千代の耳へ入った。

はっと、立ちあがりかけた三千代へ、井上忠八が躍りかかってきた。

驚愕《きようがく》のあまり、これを避けることも躱《かわ》すこともできなかった三千代は、重い井上の躰に押しつぶされるようなかたちとなった。

井上が双腕《もろうで》にこめたちからは恐ろしいまでのもので、三千代の上体は万力《まんりき》にでも締めつけられたようになった。

何やら、わけのわからぬことを口走りつつ、井上忠八は三千代の顔へ、自分の顔を押しつけてくる。

三千代は、叫び声も出なかった。

目は暗《くら》み、頭に血がのぼって、このときの三千代は半ば気をうしないかけていたのではなかろうか。

けれども、井上の手が、腕が、三千代の裾《すそ》の中へ押し入ってきたとき、

「あっ……ああっ……」

はじめて三千代は叫び、必死に抵抗をはじめた。

雨音が、急に低くなったが、井上も三千代もそれに気づくどころではない。

三千代の抵抗には、限度があった。

何しろ、井上は躰もたくましく、腕力が凄《すご》い。

人間ではなく、何かの野獣《やじゅう》にでも襲いかかられたような感じであって、

（いけない……もう、いけない……）

自分では懸命に踠《もが》いているつもりなのだが、とても井上の躰をはね退《の》けることはできぬ。

井上が、しきりに三千代の耳もとで何か口走っている。

三千代は、ぐったりとなった。

三千代を押え込み、猛々《たけだけ》しくうごきはじめた井上忠八の躰が、突然、三千代から引き剝《は》がされた。

井上ではない、別の男の高笑いが、失神しかけた三千代の聴覚をよみがえらせた。

軽い。躰が浮きあがるように軽くなっている。

井上の躰が、自分に被《おお》いかぶさっていないではないか。

「あっ……」

三千代は声を発し、転げるように土間へ逃げたが、そこで立ち竦んだ。

二人の浪人が、井上忠八を蹴ったり、撲りつけたりしているではないか……。

いつの間に、この茶店の小屋の中へ入って来たものか、三千代はむろんのこと、井上も気づかなかったのである。

「何をする。ぶ、無礼な……」

よろめいたり、倒れたりしながら、井上が浪人たちに叫んでいるが、聞くものではない。

井上は、三千代へ飛びかかった折に、腰の大小の刀を脱していた。

その刀は竈の上へ置いてある。

だが、井上が刀へ手を伸ばすたびに引きもどされ、撲りつけられた。

おびただしい血汐が、井上の鼻から流れ出はじめた。

「もし……あの……」

三千代は、自分の危急を旅の浪人たちが、

（救うて下された……）

と、おもった。

おもったが、しかし、浪人たちに、きびしく打ち据えられている井上を、

（捨ててはおけぬ……）

とも、おもった。

「もし……その者は、私の……」

三千代が、声をふりしぼったとき、井上忠八が隙《すき》を見出したものか、のめり込むように葦簀の外へ転げ出て行った。

(逃げた。忠八が逃げた……)

三千代は、あわてて居住いを直し、

「危《あや》ういところを、お助け下され、かたじけなく……」

二人の浪人へ、頭を下げた。

そして、すぐにも井上を追って、この小屋の中から出るつもりでいた。

浪人たちは、井上を追いかけようともせず、三千代の前へ立ちはだかっている。

二人は三千代に返事もせず、光る眼と眼を見かわし、うなずき合った。

裾を端折《はしよ》った腰へ大小の刀を帯してはいるが、いかにも垢《あか》臭い浪人たちであった。

得体の知れぬ恐怖に、三千代は抱きすくめられた。

遠くで、まだ、雷鳴がしている。

じりじりと後退しつつ、三千代が帯へ差し入れてある懐剣へ手をかけようとしたとき、浪人の一人が走り寄ってきて、いきなり三千代の顔を撲りつけた。

このような打撃を受けたのは、生まれてはじめてのことだ。

痛みよりも頭が痺《しび》れ、またしても、三千代は気をうしないかけた。

二人の浪人が三千代の躰を突き飛ばすようにして板敷きの間へ移し、ゆっくりと押え込んできた。

「ああっ……」

気づいて、叫んだ三千代の口を、一人の浪人が手で塞《ふさ》ぎ、もう一人が荒々しく三千代の下半身へ抱きついてきた。

「あっ……あっ、おゆるし……」

「うるさい」

三千代の顔を、また、浪人が撲った。

そのときであった。

外から、葦簀を引き開けて踏み込んできた男が、

「曲者《くせもの》ども、何をいたしておるか!!」

凄《すさ》まじい一喝をあびせかけてきたのである。

「何だと……」

振り向いた浪人が、帯から脱しておいた大刀を引きつかみ、身を起した。

「退《の》けい。退かぬか。この、汚《けが》らわしき野臥《のぶせ》りどもめ!!」

男の叱咤《しった》に容赦《ようしゃ》はない。

「うぬ!!」

「叩っ斬れ」

抜き打った浪人の躰が、どこをどうされたものか、翻筋斗《もんどり》を打つようにして飛んで行き、葦簀の外へ放り投げられている。

「おのれ!!」

三千代の顔を撲っていた浪人が怒気《どき》を発し、つかんだ大刀を引き抜きざま、土間へ飛び下りた。

「ここはせまい」

と、男がいった。

よく見ると、六十がらみの、品のよい老人なのである。

軽衫《かるさん》ふうの袴《はかま》をつけ、筒袖《つつそで》の羽織をつけた老人の白髪に頭巾《ずきん》がのっていた。

竹の杖を手にして、白柄《しらつか》の短刀をたばさんでいるだけの老人を、浪人は見くびったらしい。

「老いぼれ。さほどに死にたいか」

「外へ出るがよい。雨も小降りとなったゆえ、暴れたくば暴れてみよ」

こういって、老人は声もなく笑い、先に立ち、外へ出て行った。

老人の後から、

「吠《ほ》え面《づら》をかくなよ!!」

浪人が喚《わめ》き、小屋から飛び出して行った。

三千代は、動顚《どうてん》の極に達していたけれども、土間を這《は》うようにして葦簀の蔭《かげ》から、外をうかがった。

まだ、雨が残っている。

しかし、頭上の雲のうごきは疾く、彼方の西方の空は明るみはじめていた。

街道に老人が立ってい、その前に、およそ三間をへだてて、先に小屋から投げ出された浪人が大刀を構えている。

老人の後から小屋を出た浪人は、三千代に背を向け、刀を脇構えにし、老人の右斜め横合いから隙をねらっていた。

老人は六十を越えて見えたが、背丈が高く、すっきりとしている。それはつまり、老人の筋骨が立派だということだ。

侍のようにも見えず、さりとて農商の人ではない。

何処かの郷士でもあろうか……。

いや、それよりも学者のような感じがする。

二人の浪人の刃に囲まれていながら、老人は、あくまでも物静かに立っている。

手にした杖を構えるでもない。

切長の両眼は半ば閉ざされているといってよい。

無頼浪人の白刃を前に、老人は、

(まるで、瞑想《めいそう》にでもふけっている……)

ように見えた。

老人の長くて白い顎《あご》ひげが、風にゆれている。

「むう……」

唸《うな》り声を発し、三千代に背を向けている浪人が刀を振りかぶった。

(あ……危い……)

三千代は、胃の腑をきゅっと掴《つか》まれたように感じた。全身に冷汗がふきあがってきた。

いかに落ちついているように見えても、杖一本を手にしたきりの老人が、二人の荒くれ者と闘って、勝てるはずがないではないか。

女の三千代の目には、そのようにしか映らなかった。

だが、老人は、上段に刀を振りかぶり、右手からじりじりとせまる浪人を見ようともせぬ。

ただ、ぼんやりと佇んでいるとしか見えぬ。

老人の前の浪人も、少しずつ、うごきはじめた。

二人の浪人は、それぞれのうごきを、たがいに計りつつ、老人へ斬りかかるつもりらしい。

それにしても、どうだろう。

ただ、ぼんやりと立っている老人に対して、浪人たちの顔は脂汗に濡れ光っている。

眼球が飛び出るばかりに剝き出され、二人とも必死の面もちなのである。

しかし、いまの三千代には、それだけの観察をするどころではなかった。

（ああ、もう、いけない……）

たまりかねて、三千代が目を閉じかけた、そのときであった。

「たあっ!!」

三千代に背を向けていた浪人が、猛然と地を蹴って、老人の頭上へ大刀を打ち込んだ。

「あっ……」

おもわず叫び、三千代は目を閉じた。

老人の躰は、さしてうごいたようにも見えなかった。

打ち込んだ浪人の一刀は、軽く一歩、身を引いた老人の顔の前の空間を切り裂いたにすぎない。

「ぬ!!」

あわてて飛び退《すさ》り、体勢をととのえようとした浪人の顔へ、老人の竹の杖が、

（目にもとまらぬ……）

速さで疾った。

「ぎゃあっ……」

浪人の絶叫があがった。

老人の竹杖の先端が、浪人の左眼へぐさりと突き込まれたのである。

刀を放り落し、左眼を押えた浪人が泥飛沫《どろしぶき》をあげて転倒した。

別の浪人は、死人《しびと》のような顔色になり、老人へ斬りかかる気力が萎《な》えてしまったかのようだ。

こやつは、仲間の浪人の一刀を老人がどのようにあつかうか、その躰のうごきによって、すかさず襲いかかるつもりでいたらしい。

ところが老人は、わずかに一歩退《さが》ったのみで、同時に仲間の浪人が打ち倒れてしまった。

老人の姿勢には、いささかの乱れもない。

浪人の片眼を突いた老人の杖は、ぴたりと別の浪人の正面へ差し向けられている。

「う、うう……」

苦痛の呻きを発しつつ、泥濘《ぬかるみ》の上を這いずりまわるようにして、傷ついた浪人は必死に逃げようとしている。

「去《い》ね」

老人が、おごそかな口調でいった。

それまで、辛うじて刀を構えていた浪人は、すぐ傍へ這い寄って来た仲間の躰を抱えるようにして、袋井の方へ逃げはじめた。

浪人たちが、三香野橋を這《ほ》う這うの体《てい》で逃げて行くのを、老人はしずかに見送っている。

いつの間にか、街道に数人の旅人が通りかかっていて、老人を指さしながら、

「おどろきましたね」

「強いの何の……」

「まるで、天狗さまのようだ」

などと、ささやきかわしている。

老人は、それに気づき、無言で手を振った。

「さ、もうすんだことゆえ、見物はやめなされ」

とでも、いいたげに見えた。

人びとは、老人に一礼し、それぞれに散って行った。

見物していた人びとが、何とはなしに頭を下げずにはいられぬような威厳が、老人の瘦身《そうしん》にただよっていたからであろう。

この見物の中に、井上忠八の姿は見えぬ。

あるいは、何処かの木蔭にいて、そっと見ていたやも知れぬ。

街道に、薄日が射してきはじめ、雨は、ほとんど熄んでいる。

三千代は葦簀の蔭に蹲《うずくま》っていた。

老人が、それに近づき、

「危いところでありましたのう」

やさしく、声をかけてきた。

「は……」

三千代の髪も衣服も乱れつくし、顔にはまだ血色がよみがえっていない。

老人が手をさしのべ、三千代を抱き起すようにしてくれた。

「立てますかの」

「か、かたじけのう……」

「礼なぞ、いらぬことじゃ」

老人は、三千代を、奥の板敷きへ連れて行き、坐らせた。

三千代は、老人のするがままに任せていて、いささかの不安もおぼえなかった。

ともかくも、全身のちからというちからが抜けて落ちてしまったようで、足にも手にも知覚《ちかく》がなかった。

老人は、三千代を坐らせておき、ふところの紙入れから、小さな紙包みを出し、腰に掛けてある竹製の水筒を外した。

「さ、これをのみなされ、元気が出てこよう」

紙包みの中に灰色の粉薬が入っていて、老人は、これを三千代に服用させてから、

「しずかに、ゆるりと、な……」

と、水筒をわたした。

「難儀のことでありましたのう。さぞ、おどろかれたろう」

「は……」

「どちらまで、まいられる？」

「はい。あの……江戸へ……」

「江戸へ、な……」

老人は、何か考えているようであった。

わずかの間に、三千代は自分《おのれ》を取りもどした。

老人がくれた薬が効いたのであろうか。

それもあったろうけれど、この老人は、自分に決して害をあたえぬという安堵のおもいが、何よりも三千代の心身を落ちつかせた。

それはさておき、

（これから、私は、どうしたらよいのか……）

道中に必要な書類と、三千代があずけた金は、井上忠八が肌身につけている。

そのかわりに井上は、自分の刀や荷物を小屋の中へ置いたまま、逃げてしまった。

亡夫・三浦芳之助の形見《かたみ》として、三千代が敵討ちの旅に携《たずさ》えてきた備前勝光の脇差も、荷物と共に残されている。

それはよいのだが、路用の金や道中切手などがなくては、

（これからの旅を、つづけることができなくなる……）

ことをおもうと、三千代は暗澹《あんたん》とならざるを得ない。

（どうしたら、よいのか。どうしたら……）

そしてまた、三千代は道中への自信を失いかけている。

たとえ女の身であろうとも、三千代は武家の女だ。

それが、いったん、男の暴力にかかると、帯へ差し込んである懐剣をすら、

（抜くことができなかった……）

ではないか。

以前は家来だった井上忠八を、厳然として、たしなめることもできなかった。

ただもう驚愕してしまい、手足も利かず、かっと頭に血がのぼってうろたえるばかりとなってしまったのである。

（こ、このような私が、夫の敵を討てようか……）

絶望が、三千代の五体を抱きすくめてきた。

それならば、どうしたらよい。

ただ、三千代は、何としても彦根の兄の許へは帰りたくなかった。

むろん、夫の敵・近藤虎次郎への憎悪は消えていない。

このような、辛《つら》いおもいをせねばならぬのも、みな、近藤虎次郎の犯行が原因なのであった。

(憎い、憎い、近藤虎次郎……)

唇をかみしめ、がっくりとうつむいた三千代へ、老人が声をかけた。

「江戸に、何ぞ知り人でもおありか?」

うつむいたまま、三千代は微かにかぶりを振った。

「おらぬ?」

「はい」

「ふうむ……」

また、老人は沈黙した。

知り人もいない江戸へ、何をしに行くのか……。

おそらく老人は、そうおもったろうが、口に出さなかった。

不審を抱いた老人の視線は、うなだれた自分へ凝とそそがれているにちがいない。

三千代は、身を固くした。

「故郷《くに》は、いずこかの？」

ややあって、老人が問いかけてきた。

「は……」

三千代は咄嗟に、こたえられなかった。

その態《さま》を見て、老人は尚も問いかけようとはせぬ。

ともかくも、むだな口は一切きかぬ老人なのだ。

「それで、江戸へは、どうあってもまいらねばならぬのか？」

「は、はい……」

彦根へ帰らぬとすれば、江戸へ行くよりほかに仕方はない。

近藤虎次郎は、江戸へ向ったというのだ。

井上忠八は、御油の旅籠で、近藤の行方を知ったといい、三千代と共に御油へ泊った折も、いろいろと旅籠の人たちへ聞き込みをしていたようである。

「わしの名は、堀本伯道《ほりもとはくどう》と申してな。医者の端くれじゃ」

老人が、はじめて名乗った。

三千代は、あわてて居住いを直した。

「房と申しまする。ゆえあって、そのほかのことは申しあげられませぬ。何とぞ、おゆるし下されますよう。狼狽のあまり、まだ御礼も申しあげませず、恥入るばかりにて……かたじけのうござりました。おかげをもちまして、危いところを……」

懸命にいいさす三千代へ、老人は……いや、堀本伯道は、

「そのようなことを気になさるな」

と、いい、

「歩けますかの？」

「はい」

堀本伯道《ほりもとはくどう》

それからの三千代は、まるで、夢を見ているようなおもいがした。

「急がずともよろしい。ゆっくりと身仕度をなさるがよい」

と、堀本伯道は、三千代を茶店の中へ残し、葦簀の外へ出て行ったが、そのとき、

「わしが外を見張っているゆえ、安心をして仕度なさるがよい」

いい残してくれた。

この一言が、どれほど女の身にとってはうれしかったろう。

髪も衣服も、乱れつくしている。

三千代は荷物を解き、必要な品々を出し、身仕度をととのえ直した。

雨は、すっかりあがって、雲間から日がさしてきはじめた。

街道を行く人びとも増えたが、井上忠八は依然として姿を見せぬ。

かなり長い時間がすぎてから、堀本伯道が小屋の中へ声をかけてよこした。

「よろしいかな？」

「はい」

「ごめんなされよ」

中へ入って来た伯道が、

「これが、お荷物か？」

「はい」

「よし。わしが持ってあげましょう」

脇差も入っていることだし、軽い荷物とはいえなかった。

「いえ、あの、そのようにしていただきましては……」

「何の。わしは荷物がないゆえ、大丈夫じゃ」

なるほど、堀本伯道は竹の杖を一つ、携えているのみなのだ。

（この近くに住んでおられるのか……？）

三千代は、そうおもったが、

「ともかくも、江戸までお連れしよう。わしも江戸へまいることゆえ……」

伯道がいい出たところをみると、やはり、旅をしていることになる。

伯道は、井上忠八の大小の刀だけを小屋へ残し、荷物を背負った。

街道へ出て歩み出してからも、老医師・堀本伯道は三千代の身の上についての問いかけを、ほとんどしなかった。

そして、まだ明るいうちに、二人は新坂《にっさか》の宿《しゅく》へ入った。

新坂は、今朝、三千代が出立《しゅったつ》した見付から約五里半。江戸へは五十五里二丁のところにある。

堀本伯道は、新坂の小さな旅籠《はたご》・若松屋《わかまつや》源七《げんしち》方へ、先に立って入って行った。

ふしぎなことに、三千代は伯道の後から入って行きながら、いささかの不安もおぼえなかった。

この若松屋という旅籠は、どうやら堀本伯道のなじみの宿らしい。

入って行った伯道に気づくや、

「あっ。伯道先生がお見えになった」

番頭も女中たちも飛び出して来て、

「よう、お立ち寄り下さいました」

「さぞ、お疲れでございましょ」

たちまちに濯《すす》ぎが運ばれる。

伯道と三千代の草鞋を解き、足を洗ってくれる。

伯道は、にこやかに、

「この連れの女《おな》ごを、奥の、しずかな部屋へ案内してくれぬか」

「はい、はい。かしこまりましてございます」

そこへ、知らせを受けた主人《あるじ》の若松屋源七が奥から走り出て来た。

「これはこれは、堀本先生。よう、おこし下されました」

「おお、あるじどの。久しぶりじゃの。一晩、厄介になりますぞ」

「はい、はい」

女中が三千代を奥へ案内しようとするのへ、

「たのみましたぞ」

と、声をかけた伯道が、三千代へ、

「先へ行っていなさるがよい」

「は……」

「あるじどの。この女ごは、わしの遠縁にあたる者のむすめでのう」

「さようでございますか」

三千代へ向って、

「私めは若松屋源七にございまする。堀本先生には、助からぬ命を助けていただきました」

と、挨拶をした。

三千代も咄嗟《とっさ》に、これまでの偽名を名乗った。

そして、三千代は女中の案内で、奥庭をのぞむ部屋へ通されたのである。

茶菓が運ばれてくる。

小ぢんまりとした旅籠なのだが、家の造りもよく、飯盛り女などを置いてはいない。

女中たちの立居《たちい》ふるまいも上品であった。

今度の旅へ出てから、このような旅籠へ泊るのは、三千代にとってはじめてのことである。

しばらくして、堀本伯道が部屋へ入って来た。

「さぞ、疲れていよう。間もなく、湯も沸くそうな」

「かさねがさね……」

「何の。今夜は、この部屋でゆるりとやすみなさるがよい。わしは、となりの部屋におりますゆえ、安心をして、ぐっすりと眠りなされよ」

堀本伯道は、すぐに、となりの部屋へもどって行った。

あるじの若松屋源七が、その後から伯道の部屋へ入って行ったようだ。

三千代の部屋と伯道の部屋の間には小廊下がある。

伯道に対して警戒を抱いているわけではないが、

(ああ……今夜は、ひとりきりで眠れる……)

そうおもうと、何ともいえぬ安らいだ気分になり、同時に、これまでの疲れが一度に出てきたようだ。

湯殿へ案内され、裸になってみると、腕や股のあたりに擦り傷がいくつもあったし、痣《あざ》になっているところもある。

先刻の小屋で、合わせて三人の男に襲われたときのものであった。

ところで……。

堀本伯道と三千代が、まだ新坂の宿へ入る前のことであったが、あの茶店の小屋の裏手から、そっと中へ入って来た者がいる。

井上忠八であった。

井上は、竈の上へ置いてあった自分の大小の刀をつかみ、腰へ帯してから、尚も小屋の中を見まわしていたが、やがて、外へ出て行った。

そして彼は、伯道と三千代の後をつけるというのではなく、三香野橋をわたり、御油の方へ立ち去った。

やがて、日が暮れた。

新坂の若松屋では、
三千代の部屋へ夕餉の膳が運ばれた。

「伯道先生は、てまえどものあるじと共に召しあがりますので……」

と、中年の女中がいった。

三千代は、女中の給仕を辞退し、ひとりきりで夕餉をすませた。

これまた、何ともいえぬ、のびやかな気分である。

(それにしても堀本先生は、いったい、どのような御方なのか……?)

若松屋のあるじと堀本伯道との様子を見ると、伯道は東海道を旅することが少くないらしい。

夕餉の膳を女中が下げてしまうと、三千代は、もう物を考えることもできぬほどに眠くなってきた。

欲も得もなく、眠りたい。

坐っていても、瞼《まぶた》が下ってきて、その場に伏し倒れてしまいたい。

堀本伯道は、まだ、主人の部屋からもどらぬらしい。

そこへ、中年の女中が入って来た。

三千代の臥床《ふしど》をのべに来たのである。

「伯道先生がおっしゃいますには、てまえどものあるじと、はなしが長うなりますので、かまわず先に、おやすみ下さるようにとのことでございます」

と、女中がいった。

「はい」

何から何まで、行きとどいたことではある。

女中が出て行くと、それを待ちかねたように寝仕度をし、三千代は臥床へ入った。

(ああ……今日という日は、何という日であったろう……)

異変につぐ異変であった。

今朝、井上忠八と見付の旅籠を出てからのことを、おもい起そうとしているうち、たちまちに三千代は深い眠りの底へ落ち込んで行った。

目が覚めると、奥庭に面した雨戸も開けられてい、障子が日ざしに明るい。

(あ……)

あわてて起きた。

女中が雨戸を繰る音にも気づかなかったらしい。

臥床をたたみ、身仕度をととのえ終ったとき、昨夜の女中が小廊下へあらわれ、

「お目ざめでございますか」

「はい」

三千代は、顔をあからめ、

「いまは、あの、何刻《なんどき》なのでしょう」

「そろそろ、四ツになりましょう」

「まあ……」

四ツは、午前十時である。

われながら、寝すごすにも程があると、三千代はおもった。

「あの、堀本先生は?」

「あるじのところにおいでなさいます」

堀本伯道は、さぞ、呆《あき》れ果てているにちがいない。

あれほどの危難を救われながら、はじめて出合った堀本伯道と同じ旅籠に泊り、これほどに長い眠りをむさぼろうとは……。

(私は、何という、しだらのない女なのか……)

顔を洗ってもどり、髪をととのえていると、堀本伯道がもどって来た。

すぐさま、三千代は伯道の部屋へ行き、

「おもわず、寝すごしてしまいました。おゆるし下さいませ」

両手をついて頭を下げたが、顔もあげられなかった。

「何の。それだけ、心身が疲れ果てていたのであろう」

「なれど、あまりにも……」

「かまいませぬよ」

伯道は、この旅籠の主人・若松屋源七と、

「いささか談合《だんごう》のこともあって、いま一夜、この旅籠に泊るつもりゆえ、ゆるりとなさるがよい」

と、いってくれた。

「さようでございましたか……」

「それとも、江戸へはお急ぎかの？」

「いえ……そのようなことはございませぬ」

「ならば、いま一夜、ゆるりと足腰をやすめたほうがよい」

「かたじけのうございます」

「のう、お房どのとやら……」

と、堀本伯道は、三千代が名乗った偽名でよびかけ、

「ここの主人、若松屋源七どのは、人柄のよい、しっかりとした、まことにたのみになる人《じん》ゆえ、お房どのの相談にも乗ってくれようとおもう。わしが、あなたを江戸へ連れて行くことはわけもないことじゃが……さて、江戸へ着いたのちの事をかまってはあげられぬ。わしは江戸へ着いて間もなく、また、旅へ出ねばならぬゆえ」

「は……まことに、御迷惑をおかけ申しまして……」

「いや、別に迷惑ではない。お房どのが、おもうままになさるがよろしい」

ここに至って尚、伯道は三千代の身の上を少しも詮索しようとはせぬ。

三千代に対し、これだけの親切をつくしているのだから、

「ともかくも、くわしい事情をいうてごらんなされ」

と、いいそうなものだが、伯道は決して問いかけてこない。

三千代の事情を知ったところで、

(それは、わしの関わり知らぬことじゃ)

とでもいいたげに見える。

いや、そうした他人の面倒な事情には関わり合いたくないように感じられる。

そうした自分よりも、むしろ、この旅籠の主人に相談に乗ってもらったほうがよいと、伯道は考えているのであろう。

三千代には、堀本伯道という老医師が、とらえどころのない、ふしぎな人物に見えた。

「明日までに、よう考えておきなされよ」

「は……」

「よいかの。江戸へ同行することは、いささかもかまわぬ。わけもないことじゃ。なれど、その後の面倒が見られぬやも知れぬ。そこのところを、な……」

「相わかりましてございます」

ちょうど、そのころ……。

新坂の宿から西へ約八里ほどの、天竜川の東岸の河原に近い木蔭に、二人の浪人者が寝転んでいた。

この二人は、昨日、井上忠八を追い払い、三千代へ暴行をはたらきかけ、堀本伯道に懲らしめられた旅の無頼浪人である。

伯道の竹杖に左眼を突き刺された若いほうの浪人が、筵《むしろ》を肩のあたりまで引きかぶり、苦痛の唸り声をあげている。

それでも、何処かで傷の手当はしたものと見え、左眼に包帯をしていた。

「まだ、傷むのか？」

と、中年の浪人が半身を起し、

「そんなに、傷むのか？」

「あ、当り前だ」

「ま、そう怒るなよ」

「痛まぬわけがないではないか、痛まぬわけが……」

「わかった、わかった」

「くそ。あの老いぼれめ‼」

「もう、よせ」

「このままではおかぬ。きっと、仕返しをしてくれる」

「無駄だよ」

「何だと……おぬし、口惜しくはないのか」

「口惜しいが、仕方がないではないか」

「なぜ、仕方がない」

「こっちが二人がかりで立ち向ったのを、まるで赤児《あかご》の腕でもひねるように……」

「いや、あの老いぼれだとて、かならず隙を見せるにちがいない」

「騙《だま》し討ちにするのか？」

「何でもいい。ともかく、このままではおさまらぬ」

「まあ、よせ」

「おぬしは、こんな、ひどい目にあっておらぬから、そういうのだ」

「そりゃ、そうかも知れぬ。だが、どっちにしろ無駄だ。あの老いぼれは、ただの老いぼれではない」

「ち、畜生……」

若い浪人は激痛にたまりかねて、

「ば、売薬の手当では駄目だ。眼医者に診せなくては、この目が潰れてしまう」

「無駄だよ」

「何……」

「先刻、薬を塗ったときに、おれが見た。もう潰れているわ」

「うっ……」

何ともいえぬ声をあげ、若い浪人が、のたうちまわるようにした。

「そもそも、医者に診てもらう金もない」

「畜生、畜生……」

「今夜の旅籠代も、あぶなくなってきた」

舌打ちをした中年浪人が、

「どっちにしろ、また、手荒なまねをすることになるなあ。おぬしがそれでは助《す》けてもらえぬし、おれ一人でやらねばならんが、ま、仕方もないだろう」

と、立ちあがった。

「ど、何処へ行く？」

「街道へ出て、饅頭でも買ってくる。腹が減ってきた」

「待て」

「どうした？」

「そのまま、もう、もどっては来ぬつもりだろう？」

「ほう……妙なことをいうではないか」

「わかっている」

「何が、よ？」

「おれが、足手まといになったので、見捨てて行くつもりなのだ。わかっている」

「つまらんことをいうな。逃げはせぬよ」

「嘘《うそ》だ、嘘だ」

「勝手にしろ」

吐き捨てるようにいって、背を向けた中年浪人の刀の鞘《さや》をつかみ、

「行くなら、おれも行く」

若い浪人が、そういったときである。

突然、木蔭から走り出た男が、

「おぼえたか!!」

叫びざま、中年浪人めがけて斬りつけてきた。

この男、井上忠八だ。

「あっ……」

中年浪人は大刀を引き抜こうとしたが、鞘をつかまれていたものだから腰のひねりがきかなかった。

また、身を躱《かわ》すにも、充分に足腰がきかぬ。

わずかに上体をひねった中年浪人へ斬りつけた井上忠八の一刀が少し逸《そ》れ、浪人の左の耳を殺《そ》ぎ、肩へ打ち込まれた。

「うわ……」

泳ぐように両手を突き出してよろめくのへ、

「うぬ!!」

井上は飛びあがるようにして、大刀を揮《ふる》った。

血が、しぶいた。

鞘から手を離した若い浪人は大刀をつかんだが、これを抜こうともせず、

「あっ……ああっ……」

恐怖の叫びを発し、仲間の浪人を捨て、早くも逃走にかかった。

中年浪人は、ようやくに抜刀したが、もはや闘う気力も体力も失《う》せている。

井上忠八が、

「たあっ!!」

猛然と、刀を浪人の腹へ突き込んだ。

「ぎゃあっ……」

凄い悲鳴をあげた中年浪人の手から、刀が落ちた。

白眼《しろめ》と汚《きたな》らしい歯を剝き出した浪人の腹から、おびただしい血汐が迸《ほとばし》った。

浪人は、草の中へ仰向けに倒れた。

その腹から引き抜いた刀を摑み直した井上の顔も着物も、返り血に染《まみ》れている。

井上は、あたりを見まわし、木蔭から走り出た。

片眼の浪人が、天竜川の河原を逃げて行くのを見つけた井上は、まっしぐらに追いかけた。

浪人は、傷所の激痛と恐怖にたまりかね、

「あっ……あっ、あっ……」

い、い、ぱくぱくと口を開け、よろめきよろめき河原を逃げる。

すぐに、井上は追いつき、

「おぼえたか‼」

浪人の背中へ斬りつけた。

「うわ……」

のめり倒れるのへ、のしかかるようにして刀を突き刺そうとしたとき、

「斬り合いだ、斬り合いだ」

「人殺しめ」

「やっつけろ‼」

喚き声をあげつつ、下帯一つの裸体の男たちが六人ほど、駆け寄って来るのが見えた。

この男たちは、見付の宿の人足で、河原の筵小屋《むしろごや》で酒をのみながら博奕《ばくち》をしていたのだ。

井上は、咄嗟に、

（これは、面倒なことになる）

と感じ、伏し倒れた片眼浪人の頭のあたりを浅く切りはらったが精一杯のところであった。

今度は、井上が河原を逃げはじめた。

河原に沿った道から木立の中へ飛び込み、井上は逃げに逃げた。

新坂の旅籠・若松屋では……。

三千代が、奥の部屋で沈思している。

堀本伯道に、江戸まで連れて行ってもらうとして、その後は自分ひとりで自分の始末をつけねばならぬ。

（江戸の、どこぞの武家屋敷にでも、御奉公が適《かな》わぬものか……？）

そのようなことも考えてみたが、他家へ奉公をしていたのでは、夫の敵を見つけ出すこともできぬではないか……。

翌朝になって、

「いかがじゃ。こころが決まりましたかの？」

堀本伯道に問われたとき、しばらくためらったのち、三千代は、

「やはり、江戸へ参りとうございます」

「江戸へのう」

れぬ。

伯道の、これまでの親切と、その人柄に三千代は無意識のうちに甘えていたのやも知

伯道に「江戸へ行きたい」と、いい出たのは、これから先の道中はむろんのこと、江戸へ到着してからの自分の身の振り方についても、われ知らず、伯道を頼っていたことになるのではないか……。

ただ、三千代は、この上、伯道を偽《いつわ》っていることができなくなった。

たとえば伯道に名乗った、お房という名前である。

これは、井上忠八の妻としての偽名であったが、

「申しあげまする。私の実名《じつみょう》は三千代と申しまする」

「ほう……」

「わけあって、偽名をつかい、道中をいたしおりましたので、ついつい、その名を申しあげてしまいました」

「さようか……」

さして、伯道はおどろかなかった。

「くわしくは申しあげられませぬが……」

「ふむ」

「はい」

「あの、私は……私は、夫の敵《かたき》を討ちに、江戸へまいるのでございます」

わずかに伯道の眼の色が変った。

「敵討ちに……」

「は……」

「江戸に、その敵がおると申される……」

「はい」

「江戸の何処《いずこ》に？」

「そこまでは、まだ、わかっておりませぬ」

「では、あのとき、茶店の中から飛び出して逃げ去った侍は？」

浪人に乱暴をされ、井上忠八が逃げ去るのを、伯道は見ていたらしい。

それで伯道は不審におもい、茶店の小屋へ近づいて来たのだ。

「あれは、私の連れでございました。亡き夫の家に仕《つか》えておりました若党にございます」

「なるほど」

伯道には、すべてがのみこめたようであった。

ただ、井上が三千代を犯そうとしたことまでは、おもいおよばなかったやも知れぬ。

堀本伯道と三千代が、若松屋の奥座敷で語り合っている最中《さなか》に、井上忠八が新坂の宿を通りぬけて行った。

三千代が新坂に二夜も泊っているとは、おもいもおよばなかったにちがいない。

井上は旅姿もととのい、髪の乱れもなく、急ぎ足で新坂を過ぎた。

これより先、宿場へ泊りを重ねるたびに、井上は、三千代らしい女が、通ったかどうかを尋ねながら、東海道を下って行ったのだが、井上のほうが先行しているのだから、わかるはずもない。

（はて……？）

それでは追い越してしまったのかと、途中から引き返してみたが、やはりわからぬ。

何しろ、伯道が旅をする歩調は、きわめてゆっくりとしている。

そこで井上の歩調とは合わなくなり、

（やはり、先へ行ったのだ）

おもい直して、先へ進んだり、また引き返したりするうち、ついに井上忠八は三千代を見出せぬまま、江戸へ到着することになってしまう。

それはさておき、堀本伯道は、

「では、ともかくも、江戸へ向って旅をつづけ申《もう》そう。なれど途中で気が変ったなら、いつにても申し出られるがよい」

「まことに、もって、わがままな振るまいばかりで、申しわけもございませぬ」

「いや、一向にかまわぬ。三千代どのとやら……」

「はい？」

「国許《くにもと》に帰りなさる心になったときは、いつにても送りとどけてさしあげるゆえ、遠慮のう申されるがよい」

「かたじけのうござります」

「では、もう一夜、この旅籠へ泊ることにいたそう」

「はい」

伯道のいうことが、まるで砂へ染《し》み入る水のごとく、素直な心で受けとめられる自分に、三千代はおどろいている。

伯道は、この日の昼餉《ひるげ》を、はじめて三千代と共にした。

そしてまた、若松屋の主人の居間へ入って行った。

（よほどに、お親しい間柄らしい）

と、三千代はおもった。

この夜も、三千代は安らかに眠った。

その安らかさが、われながら、ふしぎでならなかった。

翌朝、それもゆっくりと、堀本伯道と三千代は若松屋を出て、東海道を下りはじめた。

伯道は相変らず、自分の荷物を持たぬ。

それなのに、衣服を着替えていた。

筒袖《つつそで》の羽織《はおり》、軽衫《かるさん》ふうの袴《はかま》、いずれも以前と同じように仕立ててあるところをみると、これらの衣服を若松屋へあずけておいたとしか考えられぬ。

伯道は、三千代の荷物を背負ってくれている。

「私が背負いまする」

と、いくら三千代がたのんでも、

「ま、わしにまかせておきなされ」

伯道は、まったく取り合おうとしなかった。

伯道が先に歩み、二、三歩後に三千代が歩む。

伯道は、無駄な口をきかぬ。

時折、振り向いて、

「疲れはせぬか？」

とでもいいたげな表情で、三千代を見やるのみであった。

今日も快晴である。

この日。

伯道と三千代は、小夜《さよ》ノ中山を越え、駿河の国へ入り、藤枝《ふじえだ》の宿の旅籠・扇屋新左衛門《おうぎやしんざえもん》方へ泊った。

藤枝は、新坂から五里二丁。

一日の行程としては、いかに女連れとはいえ、まことにゆるやかなものといってよい。

さて……。

この扇屋という旅籠も、堀本伯道が入って行くと、

「あっ、堀本先生……」

女中も番頭も、なつかしさにあふれた声と顔つきで伯道を迎え、主人の新左衛門は、その老顔に泪《なみだ》さえ浮かべて伯道へ抱きつかんばかりであった。

このように行く先々の旅籠に知り合いがあるのなら、なるほど旅の荷物も要らぬわけだ。

扇屋も、藤枝宿の中では格式のある旅籠らしく、奥深い造りで、三千代が案内をされた奥座敷などは、まるで旧家のそれ
のように落ちついた佇《たたず》まいである。

伯道は、例のごとく、

「ゆるりとやすまれよ」

の一言を残し、これまた主人の居間で夕餉を共にするらしい。

このようにして江戸へ到着できるのなら、何と安心なことであろうか。

藤枝から江戸までは五十里。男の足ならば五日の行程であった。

何とはなしに、三千代は行手《ゆくて》に望みがもててきた。

東海道の、諸方の宿駅に親しい知己《ちき》が何人もいるらしい堀本伯道ゆえ、

(江戸へ着いてからも、何処ぞ、私の奉公口を探して下さるやも知れぬ)

と、三千代はおもいはじめている。

他家へ奉公をするとなれば、自由がきかなくなり、当分は、夫の敵・近藤虎次郎を探しまわることはできぬ。

だが、無一文の身で、しかも江戸には知り合いもない三千代としては、とりあえず、そうするよりほかに仕方がないではないか。

伯道は三千代へ、

「江戸へ着いたなら、後は知らぬ」

と、念を入れたけれども、ここ数日の、老人の親切から推してみても、奉公口を見つけてくれるほどのことなら、

(世話をして下さるであろう……)

三千代は、しだいに甘えた心になってきつつある。

そうした自分の心のうごきに、三千代は気づいていない。

無意識のうちに、伯道を頼りはじめているのだ。

夕餉の膳が、三千代の部屋へ運ばれてきた。

新坂の若松屋でもそうであったが、この旅籠の料理も、彦根にいたころの三千代が、

「口にしたこともない……」

めずらしい魚や野菜が、さまざまに調理されて膳にならぶ。

三千代は、

(このような料理があったのか……)

目をみはっていた。

彦根城下の藩士たちが日常、口にする食物などは身分の上下を問わず、まことに質素きわまるものであった。

三千代が夕餉をすませ、しばらくしてから、廊下に足音が近づいて来て、

「入ってよいかの?」

堀本伯道の声がした。

「はい。どうぞ、お入りなされて……」

立ちあがった三千代が襖を開くと、伯道が一人の男を従えて、廊下に立っている。

四十前後の、品のよい顔だちの町人であった。

どちらかといえば小柄だが、すっきりとした細身の躰つきで、目が優しげである。

「さ、お入り」

と、伯道が男をうながし、部屋へ入って来て、

「三千代どの。この人《じん》は源蔵《げんぞう》どのというて、わしの親しい人じゃ。この人が、あなたを江戸へ送りとどけてくれよう」

と、いった。

三千代は、胸さわぎがしはじめた。

「これより先、三千代どのが江戸へ到着するまでに、わしが追いつければよいが……途中で、いろいろと用事もありましての」

と、伯道がいう。

なおさらに、三千代は心細くなってきた。

その三千代のおもいが、手に取るように堀本伯道にはわかるらしい。

「何、案じられるな」

伯道は、ちからづよい声で、

「この源蔵どのに何事も相談なさるがよい。わしじゃとおもうていなされ」

「は……」

うつむいた三千代を見て、伯道と源蔵とが好意のこもった笑い声をあげた。

三千代は、顔を赤らめた。

「よいかな。おわかりかの？」

と、伯道。

「はい」

「ならば、よろし。この源蔵どのには、三千代どのから聞いた身の上をはなしておいたゆえ、遠慮なく相談なさることじゃ」

「何から何まで、おこころづかい、かたじけのう存じまする」

「いやなに。わしは、わしに出来るだけのことをしているのじゃ。おのれにできぬことはいたさぬ」

「はあ……」

すると、伯道が、

「では、これにて、わしは出立いたす」

と、いうではないか。

すでに、夜に入っている。

この時刻に堀本伯道は、旅籠を出て旅をつづけるというのであろうか。

「これより、お発ちに？」

「さよう。急ぎの用事ができましたゆえな」

「さようで、ござりますか……」

三千代は、むしろ呆気《あっけ》にとられている。

「もしやすると、これでもう、三千代どのとは会えぬやも知れぬな」

「まあ……」

「達者でのう」

「堀本さま……」

おもわず、三千代は泪ぐんだ。

知り合ってから間もないのに、まるで、自分の父のようにおもわれてならぬ。

「では源蔵どの。たのみましたぞ」

「心得てござります」

伯道は、

「三千代どの。さらば。見送りは無用じゃ」

いうや、淡々と身を返して廊下へ出て行った。

堀本伯道が、

「わしの代りに……」

と、後へ残した四十男の源蔵に連れられて、三千代が江戸へ着いたのは、それから半月後のことであった。

常の旅人の、およそ三倍の日数をかけたことになる。

源蔵は、三島の宿から山越えに、熱海へ出た。

伊豆の国の熱海の温泉は有名なもので、近江の彦根城下から一歩も出たことがなかった三千代の耳にも聞こえていたほどだ。

三島の宿を出たとき、

「山越えに熱海へまいります」

源蔵にそういわれて、三千代は、また不安になった。

(伊豆の熱海へ、何故、立ち寄らねばならぬのか……?)

藤枝を出てより三島に至るまで、源蔵と三千代は三泊している。

源蔵も堀本伯道と同じように、泊る旅籠は、いずれも顔なじみらしく、三千代には別の部屋をとってくれたし、よけいな言葉もかけなかった。

そのくせ、よく気がついて、道中馬に乗せてくれたりするのだが、伯道のような老人ではないし、三千代も何となく気づまりであった。

あの、雷雨の日の小屋の中で、井上忠八のみではなく、通り合わせた二人の浪人からも乱暴されかかった三千代は、

(男とは、みな、あのように、獣《けもの》じみたことを平気でするものなのか……?)

その衝撃は、いまも消え去っていない。

堀本伯道は、別である。

源蔵は四十前後に見えるが、いかにも健康そうで、血色もよく、それゆえ三千代の胸の底には、

(もしも……?)

という一抹《いちまつ》の不安が、なかったとはいえない。

(男というものは、まったく、油断がならぬ)

このことである。

あの井上忠八でさえ、突如として、おもいもかけなかった狂暴なふるまいをしてのけるのだ。

いかに、伯道が信頼をかけている源蔵だとて、時と場合によっては、どのように変貌するか知れたものではない……そのように、三千代は感じていた。

ゆえに、源蔵から「これから熱海へ……」といわれて、三千代はいささか狼狽した。

その顔色を看て、源蔵はすぐに、三千代の胸の内を察してしまったらしい。

源蔵は、辛辣《しんらつ》な苦笑を浮かべた。

その苦笑は、いかにも、

「女という生きものは、どれもこれも、同じようなことを考えているらしい。男と見れば、自分に飛びかかってくるものと考える。おもいちがいもはなはだしい」

そういっているように見え、三千代は顔を赤らめ、うつむいてしまった。

「これより東海道を下るとなると、すぐに、箱根の御関所でございます」

源蔵は、それだけいって、さっさと先へ立って歩き出したものだ。

いよいよ、三千代は顔があげられなくなった。

三千代は、関所を通過するために必要な身分の証明がない。

それは、井上忠八が肌身につけたまま、逃げてしまっている。

山越えは苦しかったが、源蔵は、もう三千代をいたわろうとはしなかった。

熱海へ着くと、海辺の、小さな漁師の家へ泊った。

ここも、源蔵の知り合いらしい。

（堀本様といい、源蔵どのといい、世の中には、ずいぶんと顔のひろい人たちがいるもの……）

三千代は「大湯」とよばれている共同浴場へ、漁師の女房につきそわれて行き、その豊富な湯量に、むしろ呆然《ぼうぜん》としてしまった。

これだけの温泉が、天然自然に湧《わ》き出しているのかとおもうと、まるで別世界へ来ているかのようで、ためいきが出る。

彦根にいたころは、薪をたいせつに使わねばならぬので、夏季は別としても、入浴は五日に一度ほどであった。

漁師夫婦も、よけいな口はきかぬ。

源蔵と三千代は、この漁師の家に、数日とどまった。

この間に源蔵は、

「三千代さま。ちょっと、用を足してまいります」

こういって何処かへ出かけ、三日ほど帰って来なかった。

(何ぞ、商用でもあってのことかしら……?)

そのようにしか、おもわれない。

ともかくも、堀本伯道と源蔵は、これまでに三千代が見たことも聞いたこともない男たちであった。

源蔵がもどって来た翌日の夕暮れに、漁師の舟に乗り、三千代と源蔵は真鶴《まなづる》の突端をかすめて相模湾へ入り、小田原の城下を外れた海岸に着いた。

江戸《えど》の空《そら》

こうして、源蔵は箱根の関所を通らずに、夜の海を小田原へ抜け出たことになる。

江戸へ入った源蔵は、神田の下白壁町《しもしらかべ》（現・東京都千代田区神田鍛冶町の内）にある宿屋・丹波屋伊兵衛《たんばやいへえ》方へ、三千代を案内した。

旅をしているうちに、春もたけなわとなってしまい、江戸の町々は、あかるい夕暮れの光りに包まれていた。

夜に入るまでの、あわただしい一時《ひととき》で、江戸の中心の町すじだけに、道という道には人びとが急ぎ足に行き交《か》っていた。

宿屋の丹波屋の前には、藍染《あいぞめ》川という堀川の水がながれてい、その向うは紺屋町一丁目の町屋だ。

その紺屋町の、川をへだてて丹波屋の正面にある栄松庵《えいしょうあん》という蕎麦《そば》屋から出て来た侍

が、何気もなく川向うを見やって、

「あ……」

低い声をあげ、手にした塗笠《ぬりがさ》を素早くかぶった。

折しも、そのとき、源蔵にともなわれた旅姿の三千代が丹波屋の前へさしかかったのである。

その三千代を見かけて、侍は笠で顔を隠した。

三千代のほうは、川向うの侍に気づくわけもない。

品川から江戸へ入るにつれて、その街衢《がいく》の立派さ、大きさ。大勢の道行く人びとの活気にみちた顔、足取り。

さまざまな商家、飲食店、物売り。

大都市に住み暮す人びとの生活から発する種々雑多《しゆじゆざつた》の物音が、一つの響音《きようおん》となって三千代の耳へ飛び込んでくる。

三千代が目をみはり、きょろきょろとあたりを見まわしながら歩むものだから、

「三千代さま。迷い子になってはいけませぬよ」

と、源蔵から笑われてしまったものだ。

「さ、着きました。ここが丹波屋でございます」

こういって、先に丹波屋へ入って行く源蔵の後から、三千代も中へ入った。

それを、栄松庵の門口に立った侍が、塗笠の間から凝と見送っている。

侍は袴をつけていたし、さっぱりとした身なりであったが、浪人らしい。

もしも三千代が、この侍の笠の内に隠れた顔を見たら、どうしたろうか……。

侍は、まぎれもなく、近藤虎次郎であった。

やはり、近藤虎次郎は江戸にいた。

虎次郎は、栄松庵の門口から身を離したけれども、それからややしばらくの間、丹波屋の方を見つめていた。

やがて彼は、ゆったりとした足取りで西へすすみ、鍛冶町一丁目の角を左へ曲り、今川橋の方へ姿を消した。

三千代は、丹波屋二階の奥座敷へ通され、入浴をすませ、ひとりで夕餉の膳についた。

（とうとう江戸へ来てしまった……）

来てしまったのはよいが、いよいよ、これから先のことが問題となってきたわけだ。

（どうしたら、よいのか……？）

三千代には、一文の銭《ぜに》すらない。

さすがに胸がつかえてきて、口へ運ぶものに味がなかった。

夕餉の膳を女中が下げて行くと、入れちがいに源蔵があらわれた。

源蔵は汗をながし、髭《ひげ》も剃《そ》り、髪もととのえ、着替えもすましていて、

「とうとう、江戸にまいりましたなあ」

と、いう。

「はい……」

「いかがでございます、江戸は……？」

「はい……あまりにも、にぎやかで……あの、おどろいてしまいました」

「さようでございますか。お疲れになりましたろう。今夜は、ゆるりとおやすみなさいまし」

軽く頭を下げた源蔵は、三千代が「あの……」と、何かいいかけたのを無視するようにして襖を閉め、廊下を去って行った。

間もなく女中があらわれ、臥床の用意をして、

「では、ごゆるりと……」

挨拶をし、出て行こうとするのへ、

「あの、もし……」

「はい？」

「私の連れの、源蔵どのは、この宿のなじみのお人でしょうか？」

「はい。お客というよりも、うちの旦那の親しい知り合いなんでございますよ」

「さようでしたか……」

と、生唾をのみこむようにしてから三千代が、

「では、あの、源蔵どのは、江戸にお住いなので……？」

「さようでございます。いま、御自分のお宅へ、お帰りになりましたが……」

「まあ……」

「では、ごめん下さいまし」

女中は、去った。

三千代は、茫然としている。

そして、この夜は、行先のことをあれこれとおもい悩み、さすがに眠れなかった。

まんじりともせず、翌朝を迎えた三千代は、朝餉の膳を運んで来た女中へ、

「あの、もし……」

「何でございましょう？」

「源蔵どのは、今日、こちらへお見えになりますのか？」

「さあ。どうでございましょう。よくは存じませんが……」

「この近くに、お住いなのでしょうか？」

「さあ。私は、よく存じません。旦那に尋《き》いてまいりましょうか？」

「いえ、結構でございます」

こうなると、源蔵が、

（たのみの綱のように……）

おもわれてくる。

ともかくも三千代は、無一文《むいちもん》なのだから、この宿屋へ泊っていることも、何やらためらわれてくる。

（ああ……堀本伯道様は、いまごろ、どこにおわすのか……？）

親切なようでいて、堀本伯道は、さらに一歩二歩と踏み込んで、その親切を徹底させようとはしない。

自分が救った三千代の意志を尊重しているようでいて、いざとなると、冷たく突き放されてしまったような感じがせぬでもない。

「あの、源蔵どのは、どのような生業《なりわい》をしておられるのでしょうか？」

「さあ……」

女中は、困ったように、

「よくは存じませんが、何か商売をしていなすって、江戸を離れることも多いようでございますよ。それでは、後をおねがい申します」

そそくさと、廊下を去って行った。

女中も、三千代のことを、

（妙な女《ひと》だ……）

と、おもっているにちがいない。

連れの源蔵の住所も職業も知らずに旅をして、江戸へ着いた三千代なのだ。

部屋の内が、夕暮れのように暗い。

晴天つづきの空も、昨夜からはあやしくなってきたようだ。

(はて、どうしよう。どうしたらよいものか……)

困《こう》じ果てながらも、三千代は御飯を二度も御代りしてしまった。

われながら、あきれるほかはない。

このように、行先の不安に苦しめられていながら、食欲には変りがないのだ。

きれいに食べ終えた膳の上を見やって、

(私という女は、何という女なのか……)

味噌汁の味も、煮豆やら豆腐やら三品もついた朝餉なぞは、彦根にいたころ、口にしたこともなかった。

三千代が朝餉を終えたころを見はからって、この宿屋の亭主・丹波屋伊兵衛があらわれた。

昨夜、三千代は伊兵衛に会っていない。

「お客さま。よう、おやすみになれましてございますか?」

伊兵衛は、ていねいな言葉づかいであった。

小柄で、痩せていて、優しげな顔をした老人である。

見たところは、六十を一つ二つ、越えているのではないか……。

三千代は、居住いをあらため、

「三千代と申しまする」

正直に名乗った。

源蔵という男には、何やら得体の知れぬものを感じて、共に旅をつづけながら、どうしても打ち解けることができなかったけれども、この丹波屋伊兵衛という老人は、堀本伯道ほどではないにせよ、三千代のこころに一種の安らぎをあたえてくれた。

「これはこれは、私が丹波屋伊兵衛でございます」

「お世話に相なりまして……」

「何の、何の。御心配なく、落ちつきなさるがようございますよ」

「あの、源蔵どのは……？」

伊兵衛は、ちょっと頸をかしげるようにしたが、

「今朝から、また、何処ぞへ旅立つと申しておりましたが……」

「また、旅に？」

「はい。商売が、いそがしいらしゅうございます」

「源蔵どのは、何の……」

何の商売をしているのか?……と、尋ねかけた三千代の声をさえぎるようにして、丹波屋伊兵衛が、

「あなたさまのことは、源蔵さんから、うかがいましてございますよ」

「おそれいりまする」

「ついては、おねがいがございます」

「は……?」

「源蔵さんから、あなたさまのお世話をするようにと、たのまれましたので……」

「あの……」

おもいきって、三千代が問うた。

「御主人さまは、堀本伯道様を御存知でございましょうか?」

「ほり、もと……」

いいさして、伊兵衛はかぶりを振り、

「さて、存じませぬが……」

「さようでございますか……」

三千代の顔色が、やや蒼ざめた。

これまでの経緯から推してみて、この丹波屋という宿屋も、堀本伯道の知り合いらしいとおもっていたし、それがまた一つには、三千代を安堵《あんど》させていたところもある。

「さて、私のおねがいと申しますのは……」

と、丹波屋伊兵衛が、ちょっとかたちをあらためるようにして、

「せっかくの、源蔵さんのおたのみゆえ、ま、私のできるかぎりのことはしてさしあげ、何とか、あなたさまのおちからになりたいと存じます」

と、いった。

その声に、誠実がこもっている。

それが三千代には、すぐにわかった。

「一応は、源蔵さんにも聞いておりますが……源蔵さんにしても、あなたさまのことを、それほどくわしくは、知っていないということで……」

「は……」

まさに、そのとおりであった。

堀本伯道が自分のことを、どのように源蔵へつたえたのか、それは知らぬ三千代だが、伯道とて三千代について、くわしい事情をわきまえているわけではないのだ。

「源蔵さんが申しますには、女の身で、亡くなられた旦那様の敵を討つために、江戸へまいられたとか……そりゃ、まことでございますか？」

「はい」

三千代が、ためらうことなく、はっきりとこたえたので、

「それは、それは……失礼ながら女の身で、なかなかにできぬことでございますな」

二度三度とうなずいた伊兵衛が、

「お世話するからには、あなたさまのお身の上、その他のことを、くわしくうけたまわっておかねばなりませぬ。おねがいと申すのは、このことでございます。もしも、それは困る、それはできぬということであれば、私にはお世話はできませぬ。江戸は将軍様のお膝元ゆえ、身もとがはっきりとせぬお方には、いろいろと面倒なことが起ってまいります。そこで、あらかじめ、私めに何事も打ち明けて下さらぬと……」

「相わかりました」

「それが困るとおっしゃるのなれば、あなたさまに都合のよい土地《ところ》まで、私が人をつけて、無事にお送りいたしましょう。いかがでございますか？」

もっとものことではある。

このようにいわれては、三千代も肚《はら》を決めねばならぬ。

「まことにもって、御面倒をおかけいたします。それでは何事も包み隠さずに申しあげまする」

「おお、さようでございますか。それは何より」

三千代は、夫の三浦芳之助が殺害された夜のことから、語りはじめた。

それが、近江の彦根城下で起ったことも隠さなかった。

丹波屋伊兵衛へ語るうち、夫の敵・近藤虎次郎への憎しみが胸にこみあげ、三千代の両眼に口惜し泪があふれてきた。

あらためて、

(何としても、近藤虎次郎を討ちたい)

と、おもう。

(返り討ちとなって死んでもよい。そうなれば、亡き夫の傍へ行けるのだから……)

むしろ、それを自分はのぞんでいると、三千代はおもっている。

堀本伯道に危難を救われたことも、三千代は語ったが、丹波屋伊兵衛の反応は格別になかった。

聞き終えた伊兵衛は、

「なるほど、ようわかりましてございます。なれど、ごらんのとおり、私は宿屋の亭主ゆえ、武家方の敵討ちなどについては、おのれで判断が下しかねます。そこで、お尋ねをいたしますが……」

「はい」

「さしあたっての、あなたさまの身の振り方でございます。それについて、どのようになされたいのでございますかな?」

「それは、あの、何処ぞへ奉公口を見つけていただけましたら、と……」

いいさして、三千代は、われながら厚かましいとおもったけれども、伊兵衛にとっては、このようにはっきりと、いい出てもらったほうがよかったらしい。

「わかりました。よろしゅうございます。それでは、ともかくも当座の間の落ちつく場所をお探し申しましょう」

「まことでございますか？」

「はい。二つ三つ、こころ当りがないものでもございません」

何という、たのもしい言葉であったろう。三千代は、大形《おおぎょう》にいうなら蘇生《そせい》のおもいがした。

「あなたさまの落ちつく先は、この丹波屋伊兵衛が、きっと、安心していただけるようなところを、お探し申しましょう。それだけは受け合います」

「かたじけのうございます。何から何まで……」

いいさして三千代は、感情が激してきて、どっと泣き伏してしまった。

その姿を、丹波屋伊兵衛は凝と見まもっていたが、

「そこまでが、私のできることでございます。それから先は、あなたさまが、どのようにもなさるがようございます」

と、いった。

口調は、あくまでも優しげなのだが、堀本伯道に似たようなことをいう。

このとき、丹波屋の門口を、編笠の侍が通り過ぎて行った。

近藤虎次郎である。

近藤虎次郎は、昨日の夕暮れに、丹波屋とは藍染川をへだてた筋向いにある蕎麦屋・栄松庵から出て来たときと同じ姿であった。

一度、二度と丹波屋の前を往復してから、虎次郎は何処かへ去った。

一方、丹波屋では……。

亭主の伊兵衛が、三千代に、

「江戸へまいられて、この丹波屋へ落ちつきなされたことを、彦根の兄様へ、お知らせいたさなくとも、よいのでございますか？」

「は……」

「御奉公をしていなさるお侍様とちがい、あなたさまは女の身ゆえ、彦根の御城下を脱け出されましたことも、別にお咎めを受けずにすむのではないかと存じますが……」

「さようでございましょうか？」

「はい。ここに落ちつかれましたことを、お知らせなされば、兄様も、どのように安心なさることか……」

「なれど、知らせましたら、きっと、引きもどされてしまいまする」

「ふうむ……」

丹波屋伊兵衛は、しばらく考えていたが、

「ま、そのことは後のちのことにいたしましょう。お身もとのこともよくわかりました。それでは、三日ほど、お待ち下さいまし」

「まことにもって、勝手なことばかりを申しあげ、おはずかしゅう存じまするる」

「ま、お気楽にして、おいでなさるがようございます」

伊兵衛が、部屋から出て行った。

三千代は、泪によごれた顔をぬぐい、

（あなた。救われました。どうやら、これより先、江戸で暮せるようになれそうでございます）

胸の内で、亡き夫へよびかけてみた。

すると、また、新しい泪があふれてきた。

しばらくして、この宿屋の女中おとよが部屋へやって来た。

伊兵衛からいいつけられて、とりあえず、三千代の着替えやら、身のまわりの品々を買いととのえに行くから、同行してくれという。

これにも三千代は恐縮してしまった。

「御新造《ごしんぞ》さま。さ、まいりましょう」

おとよが、明るい声でうながした。

三十二、三歳の、よくはたらく女中なのである。
おとよと三千代が丹波屋を出て歩みはじめると、どこにいたものか、近藤虎次郎があらわれ、二人の後を尾《つ》けはじめた。

この日の午後から降り出した雨は、翌々日まで降りつづいた。

その朝。

丹波屋伊兵衛が、三千代の部屋へあらわれ、

「いかがでございます。どうにか、落ちつかれましたかな？」

「はい。おかげさまにて」

三千代は、先日来の礼をのべた。

あれから伊兵衛は、三千代の部屋に姿を見せなかったのである。

「実は、あなたさまの落ちつく先が決まりましたので……」

三千代は、緊張した。

「武家方がよいかと考えましたが、やはり堅苦しい上に、何かと、さしさわりもございましょう」

「はい」

彦根藩が、江戸にも屋敷をかまえていることはいうまでもない。

いわゆる参勤《さんきん》といって、どこの大名も、国許と江戸とを交替で行ったり来たりしてい

る。

国許をはなれ、江戸藩邸で暮すのは、徳川将軍と幕府へ、

「忠誠をつくす」

ということなのだ。

この参勤のための費用は、莫大《ばくだい》なものと、三千代も聞いていた。

ゆえに、この江戸にも、彦根藩・井伊家の侍が暮しているわけで、江戸藩邸勤務となって、彦根城からこちらへ移った藩士も少くない。

その中には、三千代の顔も見知っている人びともいないとはいえぬ。

丹波屋伊兵衛が、三千代の奉公先にと考えていたのは大名屋敷ではないだろうが、たとえば旗本屋敷にしても、武家方の奉公ともなれば、身もとがはっきりしていることが第一の条件であって、三千代が彦根から江戸へ出て来たとなると、江戸の彦根藩邸へ、

「問い合わせる……」

ことにもなりかねない。

まして三千代は、許可も得ずに、夫の敵を討つべく彦根を出奔して来た。

そうなると、武家方への奉公が、いろいろと面倒になることはいうをまたない。

「そこで、この近くの元乗物町《もとのりものちょう》というところに、印判師《いんばんし》の駒井《こまい》宗理《そうり》という方がおられましてな」

「はい」

駒井宗理は六十二歳の老人で、ひとりむすめのお京が嫁いだのちは独り暮しをつづけている。

妻女は十年ほど前に病没しているとのことだ。

これまで、長らく奉公をしていた老女中が、つい先ごろに急病で亡くなったので、

「大へんに、困っておられまして……」

と、伊兵衛がいった。

冷《ひや》し汁《じる》

夏の盛りであった。

三千代は、新しい暮しにも、ようやく慣れた。

元乗物町に住む印判師・駒井《こまい》宗理《そうり》にとって、いまの三千代は、

「なくてはならぬ人……」

に、なりつつある。

そのころの印判師というものは、なかなか格式を重んじたもので、駒井宗理方の門口《かどぐち》にも、

〔御印判師　駒井宗理藤原正利《ふじわらのまさとし》〕

の表札が掲げられてある。

駒井宗理は、髪も顎ひげも真白な、いかにも品のよい老人で、無口ではあったが、

「人はそれぞれゆえ、もしも、この家《や》に住み辛いことでもあれば、遠慮なくいいなさるがよい。そのときは、わしが別の奉公先を見つけてあげてもよい」

そういってくれた。

下男が一人に、弟子が二人いる。

下男の名は六造といい、これも宗理老人と同じ年ごろであろう。

「お前さまが来て下されて、ほんに助かりました、助かりました」

と、六造はいった。

門人の一人は富四郎《とみしろう》といい、これは弟子というよりも宗理の片腕となれるほどの印判師で、浅草の阿部川町《あべかわまち》に小さな家をもち、妻子もいて、師匠の宗理宅へ通《かよ》い、仕事をしている。

いま一人の弟子は平吉《へいきち》といい、これは十九歳の若者であった。

印判師という、根《こん》をつめる職業がそうさせるのか、六造をのぞいて他の人びとはいずれも口数が少く、一日中、黙々として仕事にはげむ。

印判といっても、駒井宗理は大名や武家方の仕事が多く、江戸でもそれと知られた人らしい。

額《がく》なども彫るが、ときには一年がかりになることも、めずらしくないそうな。

宿屋の丹波屋から西へ行くと、すぐに大通りへ出る。

この大通りは、日本橋から筋違御門《すじかいごもん》を経て、上野の広小路へ至るもので、日中は人馬の往来の絶える間とてない。

先ず、将軍家膝元の江戸市中における目ぬき通りの一つといってよい。

大通りを日本橋の方へすすむと、間もなく今川橋に出るが、橋の北詰を東へ折れた左側に、駒井宗理宅がある。

門構えはないが、道より少し奥まったところが門口で、格子戸を開けると、そこが四畳半の取次になってい、仕事場は、その奥にあった。

さらに中庭があり、その向うに宗理の居間がある。

中二階にも一間あって、そこに、下男の六造と弟子の平吉が眠る。

駒井宗理宅の西隣りは、柏屋という書物問屋。東隣りは、幕府の御用屋敷だ。

家の裏手は幅一間の道をへだてて、土手になっている。

この土手は〔八丁堤《はっちょうつつみ》〕とよばれ、幕府が火除《ひよ》けのために築いたもので、土手の上には松が植え込まれてあった。

家の前は、道をへだてて神田堀がながれ、右手に今川橋がのぞまれる。

三千代は、駒井家の人びとの食事の世話と、宗理老人の身のまわりの面倒をみて、そのほかの時間は、取次の間にいて来客の応接をする。

駒井宗理がよろこんだのは、三千代の応接ぶりであった。

「さすがに武家育ち……」

であり、言葉づかいも正しく、物腰にも気品があるというので、武家方の客が多いだけに評判もよい。

三千代も懸命にはたらいた。

いつしか春が過ぎ、梅雨に入り、梅雨が明け、真夏を迎えるまで、それこそ、

「あっ……」

という間に、月日が過ぎ去っていたのである。

食事の世話といっても、近江の彦根と江戸では、魚も野菜もちがうし、味つけも異なる。

それは、女だけに、東海道を下る道中で泊った旅籠の膳の料理を見ても食べてもよくわかったし、江戸へ着いてから、丹波屋の膳に出たものも、これまたちがう。

彦根では調味料をつかうにしても、でき得るかぎり、つつましくして、何事にも、

「もったいない……」

と、亡母からしつけられていたこともあり、うす味の食べものに慣れていた三千代だが、江戸では、味噌も醬油も、味醂《みりん》なども、惜しげもなくつかうし、すべてに味が濃い。

はじめは、その濃い味が口になじめなかったけれども、駒井家の家事を一人で切りもりするようになると、躰も疲れてきて、濃い味つけを好むように変ってきている。

なかなかに、いそがしいのだ。

亡き夫と暮していた彦根の、物しずかな一日をおもうと、いまの三千代の一日は、大形《おおぎょう》にいうなら、

「息をつく間とてない……」

のである。

だが、駒井家の人びとの感謝が、はっきりとわかるだけに、はたらき甲斐《がい》もあった。

そして近藤虎次郎は、三千代が駒井家にいることを、すでに見とどけていた。

毎日ではないが、五日に一度か、七日に一度ほど、近藤虎次郎は駒井宗理宅の裏手へあらわれる。

裏手の、火除けの土手の松の木蔭に佇み、駒井宅の裏手を凝と見まもっているのだ。

時刻は、早朝のときもあり、また夕暮れのときもある。

そうしたとき、偶然に、三千代が裏手へ姿を見せることもあった。

裏手に面した物干場へあがり、洗濯物を取り込んでいることもあるし、棒手振《ぼてふり》の魚やから魚介を買っていることもある。

ちかごろの近藤虎次郎は、三千代が裏手へあらわれる可能性が多い時刻を、えらぶようになってきた。

浪人の姿ながら、夏に入っても袴をつけてい、身にまとっているものも小ざっぱりと

している虎次郎は、浅目の笠をかたむけるようにして、木蔭から駒井宅の裏手を見つめているのだ。

この春、駒井家へ入ったばかりの三千代が気を張って暮す毎日に疲れ、その疲れを押して立ちはたらいていたころ、その姿を見た近藤虎次郎が、笠の内から、

「窶《やっ》れた……」

ためいきのような呟きを洩らしたことがある。

そのうちに、三千代も日々の暮しに慣れてきたのかして、夏に入ると、躰の肉置《ししお》きがゆたかになり、血色もあざやかとなった。

ともかくも、よくはたらくので食もすすむ。

いまは、湯殿で躰を洗っているときなど、自分の双の乳房の重みに、

(まあ、このように……)

三千代は、目をみはることがあった。

彦根にいたころよりも、たしかに肥えてきている。

夫の敵を討つための苦労をしているはずなのに、

(このように、肥えてしもうて……どうしたわけなのであろうか……)

健康であることを、むしろ、うらめしくおもうことさえある。

江戸の暮しは、まったく彦根とはちがう。

まして、武家と町方の相違もあって、いまでも三千代にはわからぬことが多い。

そうしたとき、三千代は宿屋の丹波屋へ出かけて行き、すっかり顔なじみになった女中のおとよへ相談をした。

丹波屋は、駒井家の目と鼻の先にある。

つまり、裏手の八丁堤の土手の向うが、丹波屋のある下白壁町であった。

おとよは、丹波屋の女中たちの中でも古顔らしく、主人の伊兵衛の信頼も厚いようだ。

伊兵衛には庄太郎という跡つぎの息子がいる。庄太郎は、すでに妻を迎え、子も二人いるが、伊兵衛の妻は、

「ずいぶん、むかしに、亡くなってしまったそうですよ」

おとよから、そう聞かされている。

そこで、おとよは、伊兵衛の身のまわりの世話もやいていて、

「三千代さまと同じでございますねえ」

と、三千代をはげますようにいった。

おとよは、三十三歳という年齢よりは三つ四つ老《ふ》けて見えた。

三千代の身の上については、一言も、おとよのほうから尋ねたことがない。

だが、自分のことは折にふれて、三千代へ洩らすようになった。

「亭主は八年前に死にましてね。それも、つまらない死に方をいたしましてねえ」

つまらない死に方とは、どういうことなのか……。

そこまでは、おとよも語りたくない様子だったし、三千代にしても深く尋き《き》返すことが憚《はばか》られた。

「子供が一人、いるんでございますよ」

とも、いった。

「女のお子ですか？」

「いいえ、男なんでございます。もう腕白で腕白で……」

このときは三千代が、

「その、お子は、何処に？」

と、尋いた。

「はい。私の父親のところに、あずけてあるんでございます」

おとよも、これまでには、いろいろと苦労を重ねてきているらしいが、老けて見られる顔つきにも苦労の翳《かげ》りはない。

おとよは、こういった。

「私が、こうしていられますのも、みんな、丹波屋の旦那のおかげなんでございます」

おとよの身の上ばなしは、その程度であって、くわしいことを語ったわけではない。

三千代も、また、相手が語らぬものを深く尋ねたりはせぬ。

それは武家に育った女の、たしなみでもあった。

ただ一つ、何としても、

(腑に落ちぬ……)

ことがあった。

それは、おとよの身性《みじよう》についてではない。

ほかならぬ堀本伯道についてであった。

伯道のことを、丹波屋伊兵衛に尋ねたとき、

「さて、存じませぬが……」

伊兵衛は事もなげに、かぶりを振って見せたものだ。

そのときは、それで納得をしたけれども、日がたつにつれて割り切れぬ気持ちになってきている。

あれほど、細やかに気のつく堀本伯道が、藤枝の旅籠・扇屋新左衛門方で、三千代を江戸まで送るについて、源蔵と相談をしたことはたしかである。

そして源蔵は、江戸へ入るや迷うこともなく、丹波屋伊兵衛方へ三千代を案内した。

丹波屋伊兵衛と源蔵とは、親しい間柄なのだ。

それならば、たとえ丹波屋が伯道を知らなくとも、

「実は、これこれで、知り合いの堀本伯道先生に、あの御新造のことをたのまれました」

と、源蔵が丹波屋伊兵衛へ語ったはずではないか……。

しかし、後に三千代が伯道の名を口にしたとき、伊兵衛は、

「ほり、もと……？」

と、怪訝《けげん》そうな顔をした。

そのときの伊兵衛の顔が、いまにしておもうと、何となく不自然だったような気がしてならぬ。

つまり、何事もわきまえているくせに、あたかも三千代の問いかけを待ちかまえて、

（知らぬふりをした……）

ように感じられる。

三千代は、堀本伯道に救われた事実をも、あますところなく語った。

けれども、前に源蔵から聞いていたらしく、伊兵衛は、あまり強い関心をしめさなかった。

そのくせ堀本伯道の名を、はじめて耳にしたような顔をしていたわけだ。

源蔵は、伯道の名を出さずに、三千代のことを伊兵衛へ語ったのであろうか。

そうなると、源蔵自身が三千代を救ったことになる。

源蔵という男は、三千代にとって、

（得体の知れぬ……）

ところがあった。

では、その得体の知れぬ男に三千代をあずけた堀本伯道も、同様に、得体の知れぬ老人ということになるではないか。

すぐれた医者らしいが、それでいて、屈強の無頼浪人を竹杖一つで叩き伏せ、追い散らしてしまった。

その伯道の二つの顔が、三千代の胸の内で、どうしても、

(一つになってくれぬ……)

のであった。

あれから四カ月にもなるというのに、源蔵は、まだ江戸へ帰って来ぬらしい。

おとよは、源蔵について、

「顔を見せるときは三日に一度、七日に一度と、おいでなさいますが、来ないとなると半年も一年も見えません」

と、いった。

ともかくも、このようにあれこれと、三千代が堀本伯道のことを考えるのは、やはり、

(いま一度、お目にかかり、あらためて御礼を申しあげたい)

からなのであろう。

三千代にとって、堀本伯道という老人は、

（これまでに、見たことも聞いたこともない……）

ような、ふしぎな魅力をたたえた人物といってよい。

亡夫・三浦芳之助が殺害されて、一年の歳月がすぎている。

その命日を、三千代はだれにも知らさず、自分の胸の内だけで、亡夫の冥福を祈った。

（一年前の、あの恐ろしい夜が来るまでは、あれほど、私は、しあわせだったのに……）

あらためて、敵・近藤虎次郎への憎悪がこみあげてくる。

無我夢中で、江戸の新しい暮しをはじめた三千代であるが、一応、わが身は落ちついたとしても、このような明け暮れを、いつまでもつづけていたなら、虎次郎を探すこともできぬ。

丹波屋伊兵衛は、駒井宗理へ、三千代の身の上をくわしく語ってはいないらしい。

むろん、敵を討つ身であることを洩らすわけにはまいらぬ。

（私ひとりでは、何もできぬ……）

亡夫の一周忌を迎えて、三千代は、深い絶望をおぼえた。

そうした或夜、おもいがけぬ夢を三千代は見てしまった。

それは、恐ろしい夢であった。

江戸へ来てからの三千代は、ほとんど夢を見ていなかった。

夢をよぶだけの余裕《ゆとり》がないほどに、心身が疲れ切っていたのやも知れぬ。

それが、この夜、久しぶりで夢の中に亡き夫があらわれた。

それならば、別にふしぎはない。

それだけならば、恐ろしい夢ではないはずだ。

この前に見た夢と同じように、三浦芳之助は、三千代の裸身を抱きしめてきた。

そこまでは、これまでの夢と同じであったが、いつの間にか、三千代を抱いている男の顔が、姿が、別のものになってきた。

その男は、何と、堀本伯道なのである。

鶴のように細く美しい伯道の老いた躰が、壮者のちから、をもって三千代へ激しい愛撫をあたえはじめたではないか。

それに、三千代はこたえている。

無我夢中で、うれしげに喘《あえ》ぎ、双腕《もろうで》を堀本伯道の背中へ巻きつけ、あられもない声をあげながら、三千代はこたえている。

伯道は、これまでに三千代が経験したこともないような愛撫の仕方をし、三千代は狂喜の叫びを発した。

そして、今度もまた、夢の中で発した自分の叫びに、三千代は目覚めたのであった。

はっと半身を起し、三千代は、あたりの気配をうかがった。

行燈《あんどん》に残る淡い灯影《ほかげ》が、部屋にたれこめた夏の夜ふけの闇の重さを尚更に感じさせる。

寝間着の胸が開《はだ》けてい、双の乳房が剥き出されているのに気づき、三千代は、あわてて胸を掻き合わせた。

三千代は、玄関に接した取次の間へ、ひとりきりで眠る。

主の駒井宗理は、仕事場と中庭をへだてた奥の間に寝ているのだし、下男の六造と弟子の平吉は、仕事場の上の中二階に眠る。

ゆえに、三千代が夢の中で発した叫び声には、だれも気づかなかったろう。

それとわかって三千代は、ほっとした。

全身が汗まみれになっている。

自分の躰の濃い匂いが闇の中にたちこめているのがわかった。

枕を外してしまったらしく、髪も乱れている。

その髪を掻きあげ、寝間着を着直し、三千代は臥床へ身を横たえた。

眼を閉じてみたが、とても、眠れるものではない。

(何故……何故に、私は、あのような夢を見てしまったのか……)

はずかしさに、三千代の躰がふるえはじめた。

これは、単なる夢だと片づけてしまえぬものを含んでいた。

(何故、堀本様が、たとえ夢の中にせよ、あのように私を……)

自分で自分へ問いかけてみるのだが、わからなかった。

いや、もしやすると三千代は、

(何故であろう……わからぬ。私にはわからぬ)

と、自分で自分を、納得させようとしていたのやも知れなかった。

いつの間にやら、堀本伯道の面影《おもかげ》が自分の胸の底へ、ずっしりとした重味《おもみ》をもって横たわっていたことを、この夜の夢は実証して見せたといってよい。

何故なら、その翌夜も、また、三千代は堀本伯道の夢を見たのである。

今度は、はじめから亡夫の三浦芳之助はあらわれなかった。

夢の中で眠っている三千代を揺り起すものがあって、目覚めると闇の中で伯道が優しく笑いかけているのだ。

すると、どうであろう。

「堀本様……」

よびかけた三千代が、はね起きて、伯道へひしと縋《すが》りついたではないか。

伯道は、若者のような情熱を見せ、三千代の唇《くち》を強く吸った。

吸いつづけた。

この夜も、三千代は自分の叫び声で目覚めた。

胸も開かってい、裾も乱れていたにもかかわらず、この前のときのように、あわてて起きあがろうとはせず、仰向けに寝たままで、三千代はあたりの気配に耳をすませた。

（だれにも、聞かれてはいない……）

夜、戸締りをしてから、六造と平吉は中二階へあがって行き、寝る間のひとときを雑談にすごすのがならわしで、そうしたときに駒井宗理が、

「二人に、これを持って行っておあげ」

と、菓子などを三千代へわたすことがある。

そこで茶をいれ、菓子と共に中二階へ持って行くと、二人は、かなり高い声で語り合っているのが常であった。

中二階への、幅のせまい梯子段《はしご》は仕事場の片隅にある。

だが、その下へ立っても中二階の二人の話し声は、ほとんど耳へ入らぬ。

中二階へ上ったところが三坪ほどの納戸になってい、二人の部屋は、その奥にあるからだろう。

身を横たえたままで、三千代は身づくろいをした。

（何故、このような夢を見るのか……いいえ、見なければならないのか……）

この夜も、三千代は、空が白むまで寝つけなかった。

それから三日ほどして、三千代は、またも堀本伯道の夢を見た。

このときも、徒《ただ》の夢ではなかった。

はじめは亡夫に抱かれ、つぎに堀本伯道に抱かれ、伯道を抱いた夢であった。

つぎの夜、またも伯道の夢を見たが、この夜の夢には、三浦芳之助があらわれなかった。

(私は、いったい、どうしてしまったのか……何故、あのような、猥《みだ》らな夢なぞを見てしまうのか……)

自分ながら、三千代は呆れ果てた。

それから、しばらくは夢を見なくなり、ほっとしたわけだが、ぐっすりと眠り込み、そのまま翌朝を迎えたとき、

(昨夜も、妙な夢を見ずにすんだ……)

亡き夫への申しわけが立ったようなおもいがすると同時に、何か、一抹《いちまつ》の物足りなさが、無意識のうちに残っている。

朝から日暮れまでは、三千代も忙しく立ちはたらくので、何も彼も忘れてしまうが、夜に入って、取次の間の臥床に身を横たえると、

(今夜も、夢を見ぬままに朝を迎えるのだろうか……)

猥らな夢、はずかしい夢、見てはならぬ夢……と、おもいながらも、その夢を見ることへの期待がないとはいえなかった。

(私は……私は、何という女なのか……)

いつしか、夏も過ぎようとしている。

だが、この年の残暑は、いつになくきびしかった。

老人の駒井宗理は、暑い盛りを倦《う》むこともなく、仕事をつづけていた所為《せい》か、

「どうも、根気がなくなってきたようじゃ」

急に、食欲をうしない、中庭の向うの、風通しのよい居間にやすむことが多くなった。

三千代が宗理の好みをきいて、いろいろと膳ごしらえをしてみるのだが、

「いや、お前さまの手料理がまずいのではない。わしの躰がいけないのじゃ」

なぐさめ顔に、宗理はいう。

残暑がきびしいというのに、老人の食が細くなっては、

(たまったものではあるまい)

と、三千代は案じた。

この家へ来てからの、駒井宗理の行きとどいた親切に対しては、三千代も深く感謝していただけに、

(何か、お口に合うものはないものか……?)

考えぬいたあげくに、ふと、おもい出したことがある。

それは、彦根の実家にいたころ、亡き母が夏になると、よくこしらえた冷《ひや》し汁《じる》のことであった。

もっとも、冷し汁などという名を別につけていたわけではない。

つまり、変哲もない味噌汁のことなのだ。

ただ、出汁《だし》だけは入念にとり、味噌汁をつくり、これを桶の冷水に冷やしただけのものである。

この冷し汁のときの実《み》は、白瓜《しろうり》だけにきまっていた。

それも薄打《うすう》ちにしたものを三片ほど浮かすのみで、これは涼味《りようみ》をそえるためのものであったのだろうか。

三千代も、兄の山口彦太郎も、この冷し汁を格別に、

「うまい」

と、おもったことはなかったけれども、父の久左衛門は大好物で、夏になると母へ、

「あれをよ、あれをつくらぬか」

などと、ねだっていた。

それをいま、三千代はおもい出したのである。

その日の夕餉の、これは駒井宗理の膳だけに恐る恐る冷し汁を出し、

「お口には合うまいかと存じますが、これは、私が国もとにおりますとき、亡き母がようつくりましたもので……」

三千代が、そういい出るや、駒井宗理が椀《わん》の蓋《ふた》を取り、白瓜が浮いた味噌汁を見て、

「ほう。これが、な……」

「おはずかしゅう存じます」

湯気の立ちのぼっていない味噌椀を、宗理はいぶかしげに見ていたが、

「では……」

一口、吸ってみて、

「や、これはうまい」

と、いったではないか。

「いえ、あの、変哲もないものにて……」

「いや、なかなか……ほう、ふむ……ふむ、ふむ。これは、なかなか……」

わざとではない。

宗理は、さも、うまそうに平らげてしまい、

「お代りは？」

「ございますが……」

「いただこう」

三千代は、胸が躍るようなうれしさをおぼえた。そこは何といっても女ゆえ、女のよろこびを感じる。

冷し汁と、炒《い》り卵で、宗理は紫蘇《しそ》飯《めし》のお代りもしたのだ。

翌朝になると、宗理が三千代へ、

「昨日の冷たいのを、今日もたのみましたぞ」

といった。

昼すぎになって、三千代は、いそいそと買物に出た。

そして、おもいもかけぬ男に、姿を見られることになる。

流星《りゅうせい》

この日。

三千代は丹波屋へ立ち寄り、おとよから買物についての助言を受け、富山町《とみやまちょう》から松田町など、近辺の町々を行ったり来たりしながら、いろいろと買物をすませ、駒井家へ帰って来た。

その帰り途《みち》の、日本橋と筋違御門《みち》をむすぶ大通りを、鍛冶町《かじちょう》二丁目まで来たとき、

「あっ……」

大通りの向う側を、汚れた塗笠《ぬりがさ》をかぶって歩いていた浪人ふうの男が、三千代に気づいて足をとめ、

「あの女だ」

笠の中で呻くように呟いた。

この浪人の顔を、まだ、三千代は忘れていないはずである。

袋井の先の茶店の小屋で、三千代を手ごめにしようとした二人の旅の浪人のうちの一人であった。

いま一人の中年の浪人は、天竜川の河原で井上忠八に斬殺されてしまった。

堀本伯道の竹杖に左眼を突き刺された若いほうの浪人は、井上の一刀に浅く背中を斬られたが、そのとき河原へ見付宿の人足たちが飛び出して来たので井上は逃げた。

このため、浪人は井上に殺されずにすんだ。

その片眼の浪人……青木《あおき》市之助《いちのすけ》が、三千代を見つけたのだ。

(江戸に、来ていやがったか……)

青木の、つぶれた左眼は、灰色の眼帯に被われている。

あのころにくらべると、青木の身なりは小ざっぱりとしている。

黄ばんだ色の帷子《かたびら》の着ながしに両刀を帯し、手には白扇を持っていた。

三千代は、まったく青木に気づかなかった。

(女め……)

舌打ちをした青木が、大通りの向う側から、こちらへ横切って来た。

まだ夕暮れには間もあるが、江戸市中でも屈指の大通りだけに、人通りも多い。

何も知らぬ三千代が、

（夕餉の冷し汁には、茗荷《みょうが》をきざみ入れたら、どうであろう。きっと宗理さまはおよろこびなさるにちがいない）

この一時《ひととき》、三千代は女らしい生甲斐をおぼえている。

今川橋の手前を、三千代は左へ折れた。

今日も、よく晴れて、暑いことは暑いが、神田堀から吹きながれてくる微風は、何といってもちがってきた。

三千代は、駒井家のとなりの書物問屋・柏屋の手前の細道から八丁堤に接した裏手へ出て、駒井家の台所へ入った。

それを、青木市之助は、たしかに見とどけた。

無頼浪人の青木市之助は、それから夕暮れ近くまで、駒井宗理宅の周辺を、あちらこちらへ歩きまわっていたようだ。

夜に入ってから、何処かで酒をのんできたらしい青木が、手にぶら提灯《ちょうちん》を持ち、深川へあらわれた。

深川も外《はず》れの末広町の、土地《ところ》の人びとが、

「石置場《いしおきば》」

とよんでいるあたりの、堀川沿いの道を、青木浪人は歩いている。

青木が歩む道の右手は、暗い堀川。左側は、

「十万坪」

といわれる宏大な埋立地で、一面の葦原と耕地であった。

そのころの深川は、江戸市中とは、まったく趣《おもむ》きを異《こと》にした水郷《すいきょう》であって、深川の人びとは、わずかに永代橋《えいたいばし》を西へ渡るのさえ、

「江戸へ行って来る」

などと、いったものだ。

葦原の中に、小さな家がある。

もとは、漁師が住んでいたのではあるまいか。

いまは、たしか無人の廃屋になっているはずだが、

「おい、いま、もどった」

声をかけて、青木市之助が中へ入った。

戸も開け放したままになっているのだ。

家の中は、土間につづいて板の間が一つあるきりで、そこに、大蠟燭の火が一つ揺らめいている。

酒の匂いが、家の中にこもっていた。

「青木さんか……」

むっくりと、大きな影が起きあがった。

「山崎だな。一人か？」

「みんな、女を抱きに行った」

「この暑いのに、ようもつづくな」

青木は、山崎という浪人の傍へ行き、

「なあ、おい……」

「え……？」

「今夜も泊めてもらうぞ」

「いいとも、ま、一つ、やんなさい」

すすめられた欠け茶わんの冷酒を受けて、ぐっと一息にのみほした青木市之助が、

「みんなが帰ってからの相談だが、ちょいと手荒な稼ぎを見つけてきたのだ」

「ほう。おもしろそうだな」

山崎が、身を乗り出し、

「久しく血の匂いも嗅がぬ」

大刀の柄《つか》を手指で叩いてみせた。

「うむ……」

にやりとした青木が、

「女の……それもな、ちょいといい女の匂いも、みんなに、たっぷりと嗅がせてやろう」

「ほんとうか。ほんとうかね、青木さん」

「できれば、この小屋へ引っ攫《さら》って来て、みんなで、おもいきり嬲《なぶ》りものにしてやるのだ」

「どんな女なのだ、え……？」

青木市之助は、山崎浪人をちらりと見やった眼を空間に据えて、

「わるくない女だ……」

呻くように、呟いた。

いま、この荒屋《あばらや》には、青木・山崎の両浪人をふくめて五人の浪人者が棲《す》みついている。

近年は、江戸市中へ流れ込んで来て、本所や深川の外れなどに、こうした塒《ねぐら》を設け、大小の悪事をはたらく無頼浪人たちが増えるばかりなのだ。

何しろ、大小の刀を腰に帯しているだけに、これを捨てて、汗水をたらしてはたらくこともならず、世に容《い》れられぬ不満と鬱憤《うっぷん》にさいなまれ、自暴自棄《じぼうじき》となっているのだから、たまったものではない。

町奉行所でも、

「困ったものだ」

つくづくと手を焼いているらしい。

ともかくも狂犬のような連中だから、うっかりと手を出しても、これをあつかいかね

る。

血が流れることなど、平気なのである。

おとなしい浪人には、したがって妻子もいるし、いろいろと内職をしたりして、ひっそりと暮しているからよいのだが、無頼浪人にかぎって〔徒党《ととう》〕を組む。

幕府の役人など、すこしも怖れぬし、また悪賢《わるがしこ》いので、なかなかに尻尾《しっぽ》をつかませない。

青木市之助は、天竜川の河原で、仲間の中年浪人が井上忠八に斬殺されたのち、江戸へ舞いもどってきて、旧知の浪人たちの巣へ、ころげ込んだものらしいが、別にも塒があるとみてよい。

夜が更けて……というよりも、翌朝に近くなってから、塒へ帰って来た三人の浪人と、青木・山崎が、翌日の昼ごろまで、額をあつめ、何やら相談をしていたようだ。

「その駒井宗理という印判師は、江戸でも指折りの名人とかで、金も、たっぷりと貯《た》めこんでいるらしい。近所でも評判だそうな」

と、青木はいった。

相談がすむと、五人の浪人は下帯一つになって冷酒を呷《あお》り、やがて眠りこけてしまった。

翌日になると、青木・山崎と、もう一人の浪人が、駒井宗理宅の近辺の様子を見に出かけた。

彼らは、駒井家へ押し込むつもりなのだ。

駒井家は、夜になると、三千代をふくめて四人しかいないことも、浪人どもはたしかめた。

「わけもないことだ」

「女を残しておき、三人の男を皆殺しにしてしまえばよい」

「ふ、ふふ……証拠も残らぬしな」

「その女を引っ攫《さら》うには、やはり、舟がいるぞ」

「それは面倒だ」

「だからよ。女は、その場で嬲《なぶ》りものにすればよい。猿ぐつわをかませておいて、丸裸にして、おもう存分にな。その後で、女も殺す。どうだ、青木」

「よし。それに決めよう」

「ところで、いつ、やる？」

「明日の夜でよい。裏手の戸を破って密かに押し込み、声を立てさせずに殺す」

「よし。青木は金のほうを。な……」

「わかった」

などと、相談はまとまったらしい。

夜が更けて、中二階に灯《あかり》がつくことまで、浪人たちは見きわめた。

「あそこに、下男と弟子たちが寝るのだろう」

「そうらしい」

「印判師の爺《じじ》いは、奥の間だな」

「すると、女は……」

「ま、それだけわかればよいわ」

三人は、深川の荒屋へ帰り、待ち受けていた二人と共に打ち合わせをし、魚を焙《あぶ》って酒をのみ、醬油を落して炊《た》きあげた飯をたらふく腹へつめこんだ。

炊事は、山崎浪人の受けもちらしい。

翌朝。

駒井家の一日が、いつものように始まった。

駒井宗理は、すっかり気分がよくなり、食欲もすすみ、仕事場へも出るようになった。

宗理老人は、すっかり、三千代の冷し汁が気に入ってしまい、

「毎日、こしらえて下され」

と、いう。

三千代も張り合いが出てきて、汁の実などに工夫をし、尚も宗理をよろこばせた。

この日は、夕暮れに激しい雷雨があった。

その雷雨が去った後、夜空は晴れわたった。

「これは、よいあんばいじゃ。夕立のおかげで、まことに涼しゅうなった。寝苦しい夜がつづいたことゆえ、今夜は早く寝ることにしよう」

と、駒井宗理がいい、下男と弟子も早目に中二階へ引き取り、宗理も奥へ入った。

三千代は臥床へ身を横たえた。

そのころ、五人の浪人どもが、深川の荒屋を出た。

その夜。

三千代は、久しぶりで夢を見た。

亡き夫の夢ではない。

またしても、堀本伯道が夢の中へあらわれてきた。

しかし、その夜の夢は、これまでのように伯道の愛撫を受ける夢ではなかった。

野の果てに沈みかけている夕陽が、血のように赤かった。

その荒野の中を、ただ一人の三千代が旅姿で、心細げに歩んでいる。

(ああ……あのように、私は疲れ切って歩んでいる……)

と、三千代は、夢の中で自分の姿を凝視《ぎょうし》しているのだ。

(夫の敵を探しながら、私は何処まで行くつもりなのだろう……)

と、行手の野道に、夕陽を背にした黒い人影が一つ、浮かびあがり、三千代に向って近づいて来る。

その人影へ向って、三千代も歩む。

豆粒のような人影が、近づくにつれて、男であることがわかる。

侍であった。

近藤虎次郎であった。

「あっ……」

叫んだ三千代は、背負っている荷物を振りほどき、亡き夫の形見の脇差をつかみ、抜き放った。

これを見た虎次郎は一語も発せず、大刀をゆっくりと抜きはらう。

「おのれ!!」

無我夢中で突きかけた三千代の脇差を、近藤虎次郎は無造作にはらいのけた。

あっとおもう間もなく、脇差は三千代の手からはなれ、野草の中《なか》へ落ちた。

虎次郎の巨《おお》きな躰が目前にせまり、三千代は半ば気を失いかけている。

虎次郎は、にやりと笑い、大刀を振りかぶった。

(あ、もうだめ……旦那様、すぐに、お傍へまいりまする)

観念した三千代は両眼を閉じ、手を合わせた。

だが、虎次郎の大剣は、いつまでたっても三千代の頭上へ落ちてこないではないか。

いぶかしげに目をひらいた三千代が、

（……？）

「伯道様……」

おもわず、叫んだ。

いつ、どこからあらわれたものか、堀本伯道が三千代を後ろに庇《かば》い、近藤虎次郎と対《たい》峙《じ》している。

例によって、伯道は竹杖一つを手にしたのみだ。

虎次郎は、その竹杖を構えている伯道へ刀を打ち込むことができず、

「老いぼれ。そこをどけい!!」

と、喚いた。

すると、堀本伯道が三千代へ背を向けたまま、

「脇差を、これへ……」

と、声をかけてきた。

「は、はい」

野草の中へ落ちた備前勝光の脇差の方へ行こうとする三千代へ、近藤虎次郎が迫ろうとすると、

「うごくな」

一喝した伯道が、竹の杖を構えたまま三千代を庇って、まわり込んだ。

すると、もう、近藤虎次郎はうごけなくなってしまう。

満面を脂汗に濡らし、

「老いぼれ。邪魔をするな」

叫ぶのみなのだ。

脇差を拾いあげた三千代へ、堀本伯道が、

「わしの後ろへ、ついて来なされ」

と、いう。

「はい」

「よいかの」

「は……」

伯道が、するすると虎次郎へせまった。

「おのれ、老いぼれ……」

たちまちに間合いをせばめられた近藤虎次郎が退《の》くも引くもできなくなったと見え、
獣《けもの》のように咆哮《ほうこう》し、伯道へ刀を打ち込んだ。

瞬間、伯道の竹杖は、事もなげに、下から虎次郎の刀をはねあげている。

虎次郎の大刀は、彼の手からはなれ、夕陽に光って宙へ飛んだ。

身を引いた伯道が、後ろにいた三千代の肩を押すようにして、

「それ」

と、いった。

「敵を突け」

三千代は両手に脇差の柄をにぎりしめ、地を蹴って虎次郎へ躍りかかった。

近藤虎次郎の、凄まじい絶叫が起った。

三千代の刀に腹を突き刺された虎次郎が、両腕を空へ突きあげるようにし、仰向けに倒れた。

折り重なるように、三千代も虎次郎の躰の上へ倒れた。

「めでたい」

と、堀本伯道。

「は、伯道様……」

すがりついた三千代を、伯道が、しっかりと抱きしめる。

そして、抱き合ったまま、伯道と三千代は、いつまでも、うごこうともせぬ。

夢は、まだ、つづいた。

そのころ……。

五人の無頼浪人は、二手に分れて深夜の町すじを、駒井宗理宅へ近づきつつあった。

浪人たちのうちの三人は、八丁堤の土手へあがり、駒井宅の裏手へ接近した。

残る二人は、書物問屋・柏屋の手前の細道から裏手へまわって来て、堤から下りて来た三人と落ち合った。

「表の通りは、どんなぐあいだ?」

と、青木市之助。

「大丈夫だ。犬の仔一匹、見えなかったよ」

「よし」

うなずいた青木が、

「山崎。戸を外《はず》せ」

と、ささやく。

「うむ……」

山崎浪人が、ふところをさぐり、何やら小さな刃物を取り出し、駒井宗理宅の裏手の戸の前へ屈《かが》み込んだ。

こういうことに、山崎浪人はよほど慣れているらしい。

戸締りを外すため、特別に造った刃物を持っていたのである。

これを見まもる四人の浪人のうちの二人が、ゆっくりと大刀を引き抜いた。

そのときであった。

突然、八丁堤の下の通路で、

「其処《そこ》で何をしている?」

と、声がした。

浪人どもは、ぎくりとなった。

彼らは、いま、提灯をつけていない。

だが、通路の闇に、男がひとり、立っているのに気づいた。

「夜盗《やとう》か、それとも別に理由《わけ》あって、駒井宗理の家へ押し込むつもりなのか?」

浪人たちは、あわただしく、眼と眼を見合わせ、山崎浪人も立ちあがり、大刀の柄へ手をかけた。

「見逃してやってもよいが、おのれどもは、放り捨てて置くと、何を仕出かすかわからぬな」

低い、落ちついた声で、闇の中の男が、

「堤の上へ来い。成敗《せいばい》してくれる」

と、いったものだ。

こうなっては、もはや駒井家へ押し込むことをあきらめねばならぬ。

では、逃げるか……。

いや、逃げようとしても、男は、

「成敗する」

と、いっているのだ。

山崎が青木市之助へ、

「相手は、ひとりだ」

と、ささやいた。

「うむ、殺《や》るか……」

「そのほうがいい。こっちは、五人だ」

「よし。また、出直せばいいことだ」

相手が何者なのか、すこしもわからぬ。

だが、犯行の現場を見つけられたからには、このままにしてはおけぬ。

「さ、来い。此処はせまい。せまいと、おのれどもに不利だぞ」

不敵にいいはなち、男は背を見せて、堤へあがりはじめた。

がっしりとした体軀である。

袴をつけ、両刀を帯びているのが、五人の浪人の闇に慣れた目にわかった。

抜刀した五人は、男の後から堤下の通路へ出た。

男が、堤の上から振り向き、

「早く来い。さもなくば大声をたてるぞ」
と、いった。
浪人たちは左右に別れ、堤を駆けのぼった。
男の躰が右へうごき、抜き打った一刀に山崎浪人は、
「うわ……」
刀を放り出し、堤の下へ転げ落ちた。
すばらしい早わざであった。
男は、近藤虎次郎である。
虎次郎が、どうして、いまこのとき、この場所へあらわれたのか。
偶然に通り合わせたものか。それとも……。
「うぬ!!」
浪人の一人が、山崎を斬って振り向いた虎次郎へ、猛然と刀を突き入れた。
手ごたえはなかった。
そのかわり、別の浪人の悲鳴があがった。
浪人どもが打ち込む刃《やいば》は、徒《いたずら》に闇を切り裂くのみだ。
また一人、近藤虎次郎に斬って殪《たお》された。
青木市之助は、もうたまらなくなり、仲間を捨てて堤の下へ逃げた。

駒井宗理宅の取次の間に寝ていた三千代の夢が破られたのは、このときである。

三千代のみではない。駒井宗理も、中二階に寝ている下男も弟子も目覚めた。

三千代の寝所へ、男たち三人があつまって来た。

「三千代どの、大事ないか?」

と、宗理がいった。

「はい。何事でございましょう?」

「斬り合いらしい。すぐ裏手じゃ」

下男と弟子は、あわてて戸締りをたしかめに行った。

駒井家四人が四人とも目ざめたほどだから、となり近所の人びとも気づいたにちがいない。

しかし、斬り合いとなると、外へ出ては危い。

みんな、息をひそめているのであろう。

やがて、人の叫びと、刃の打ち合う物音が熄《や》んだ。

夜空に、星が一つ、尾を引いてながれた。

木枯《こがらし》

八丁堤の其処此処に、斬り殪《たお》されていた浪人は、合わせて四人であった。町奉行所の調べでも、近所の人びとが気づいていたにせよ、斬り合いの最中《さなか》には外へ出た者はいない。

死体の様子を見ても、むろん、身許《み》は知れぬ。

結局は、無頼浪人たちの争いだと看られたらしい。

そうなると奉行所は、強《し》いて犯人の探索《たんさく》をすすめようとはしなかった。

この浪人たちが駒井宗理宅へ押し込もうとしていたとは、奉行所や近辺の人びとの、おもってもみないことであった。

「それにしても恐ろしいことじゃ」

事件が自宅の真裏で起ったただけに、駒井宗理は、

「表裏の戸締りを、尚も、きびしくしておくように」

と、下男の六造へいいつけた。

ところで……。

浪人たちを斬って捨てた近藤虎次郎は、この事を、その筋へ届け出なかったことになる。

それにしても虎次郎の行動は不可解につきる。

虎次郎は、三千代が駒井家に住み暮していることを知っているはずだ。

その駒井家を襲おうとした浪人たちと闘い、目ざましい手練《しゅれん》を見せ、瞬《また》く間に斬り殪したというのは、つまるところ、駒井家のというよりは、三千代の危急を救ったことに、なるではないか。

近藤虎次郎は、三千代が江戸へやって来たことを、何と考えているのであろう。

亡き夫の怨《うら》みをはらすため、自分を討ち取るために彦根を出奔したことを、虎次郎はわきまえているのか、どうか……。

さて、青木市之助はどうしたろう。

青木は仲間を見捨てて逃げたが、深川の〔石置場〕の荒屋《あばらや》へは姿を見せなかった。

もっとも、この荒屋を塒《ねぐら》にしている浪人たちは、青木をのぞき、すべて近藤虎次郎に斬殺されてしまった。

もしも、青木が石置場の荒屋へもどっていたら、どうなったか。

青木も一日か二日遅れて、四人の浪人の後を追うことになっていたろう。

なぜなら、事件の翌日も翌々日も、編笠をかぶった近藤虎次郎が石置場へあらわれ、荒屋を見張っていたからだ。

すると虎次郎は、青木市之助の行動を、あらかじめ知っていたことになる。

もしやすると……。

三千代を発見した青木市之助が、その後を尾《つ》け、駒井宗理宅へ入るのを見とどける姿を、近藤虎次郎は何処かで目撃していたのではあるまいか。

そうなると虎次郎は、あれからも頻繁《ひんぱん》に、駒井宅の周辺へ出没していたことになる。

三千代は、何も知らなかった。

八丁堤の浪人斬殺事件が片づくと、駒井家の明け暮れも、また、以前の平穏さを取りもどした。

そうなって、三千代は夜の臥床《ふしど》へ身を横たえ、目を閉じるとき、

(今夜も、伯道様の夢を見るのではないか……)

そのおもいに、とらわれてくる自分を、どうしようもなかった。

(あのような夢を、見てはならぬ)

自分に、いいきかせていながら、堀本伯道が夢の中へあらわれてくることへの期待を、

捨て去ることができない。

それにしても、何ということなのか。

たとえ、夢の中の出来事にせよ、伯道の助太刀によって亡き夫の敵を討ち、その後で伯道と自分が、夕焼けの野の草の中で、あのように激しく愛し合おうとは。

(私は、なんという女なのであろう。この胸の底に、あのようなおもいが潜んでいるのであろうか……)

それでなくては、あのような夢を見るはずがないといってもよい。

いま三千代は、自分一人で近藤虎次郎を討つことに、絶望をおぼえている。

茶店の小屋の中で、井上忠八が飛びかかってきたときの、自分の狼狽ぶりはどうだ。

ただもう、頭へ血がのぼり、毅然《きぜん》として井上をたしなめることさえ忘れてしまった。

つぎにあらわれた二人の浪人の暴力に対しては、もはや、はなしにならぬ。

手足もうごかず、彼らの為《な》すがままにまかせて、もしも堀本伯道があらわれなかったら、三千代は間ちがいなく無頼浪人の餌食《えじき》になっていた。

このような自分に、剣術の達者である近藤虎次郎が、

(討てようはずがない……)

のである。

夏は去ろうとしていた。

朝夕の大気が冷たくなり、駒井家の中庭に、虫がすだいている。

そうした或日。

日暮れ前に、買物から帰って来た三千代へ、ひとりの客が待ちうけていた。

客は、立派な身なりの侍であった。

そのとき三千代は、買物の魚や野菜を手にしていたこともあって、裏手から家の中へ入った。

すると、台所の土間にいた下男の六造が、

「三千代さま、お客が見えていなさる」

と、いう。

「まあ、それは……」

三千代は、駒井宗理の客だとばかりおもって、

「お茶は、お出ししましたのか?」

「いんや、いま、見えなすったばかりで……」

「では……」

茶の仕度にかかろうとする三千代へ、

「わしがやります。お客は、お前さまを訪ねて見えなすった」

「私の……?」

「立派な、お侍のようで……」

三千代の顔色が、少し変った。

「お武家が、私を？」

「へえ」

いったい、だれなのか……。

「待っていなさる。すぐに、おいでなされ」

うなずいた三千代が、仕事場の横の廊下を通りぬけ、取次の間へ向った。

知らず知らず、三千代は足音を忍ばせていた。

取次の間で、駒井宗理が客の相手をしてくれている。

三千代は、襖の蔭へ身を寄せ、客の声を聞いた。

「それにいたしましても、今年の夏は、暑うございました」

という宗理に、

「いかにも、な」

こたえた侍の声に、聞きおぼえはなかった。

年配の、落ちついた穏やかな声であった。

そこへ、盆にのせた茶を運んで、六造が廊下へあらわれた。

はっと気づいた三千代が、

「それは、私が……」

盆を受け取り、おもいきって取次の間へ入って行った。

「おお、もどられたか。さ、こちらへ、こちらへ……」

宗理が、三千代を招いた。

五十前後に見える侍は、小肥りの、いかにも柔和《にゆうわ》な顔だちをしており、

「山口彦太郎が妹、三千代どのか」

いきなり、声をかけてよこし、

「わしは、桜田の上屋敷にいる川村弥兵衛《かわむらやへえ》じゃ」

と、名乗った。

桜田の上屋敷といえば、江戸城・桜田門外の井伊家の江戸藩邸であることを、三千代もわきまえている。

（あ……もう、いけない。見つけられてしもうた……）

がっくりと、三千代は面《おもて》を伏せた。

「それにしても、まあ、お前さまが井伊様御家中のお人とは、すこしも知りませなんだ。お前さまを世話して下された丹波屋の主人《あるじ》どのも、一言そういってくれてもよいのに……」

と、駒井宗理がいった。

三千代は身をかたくし、顔もあげられぬ。

侍が……いや、川村弥兵衛が宗理に眴《めくば》せをした。

宗理は、うなずき、

「では、ごゆるりと……」

川村に一礼し、取次の間から出て行った。

それにしても、三千代が江戸にいることを、井伊家がどうして知ったのであろう。

京都を出て以来、このことを知っているのは若党の井上忠八と、江戸へ着いてから世話になった旅宿・丹波屋の主人の伊兵衛の二人のみといってよい。

そうなると、井上は三千代が駒井家にいることを知らぬはずゆえ、丹波屋伊兵衛が、井伊家の江戸藩邸へ知らせたものか。

(いやいや、丹波屋のあるじどのは、私に黙って、そのようなことをなさるお人ではない……)

三千代は、そのようにおもえてならぬ。

「さて……」

と、川村弥兵衛が居住いを直した。

三千代の緊張は頂点に達した。

「わしは江戸詰めにて、そなたの兄の山口彦太郎を、よく見知ってはおらぬが、事情は、いろいろと耳にいたしている」

「は……」

「何故、無断にて兄の許《もと》をはなれ、彦根城下を出奔《しゅっぽん》いたしたのか？」

咄嗟に、三千代はこたえられなかったけれども、懸命に、

（何とか、この場を切りぬけたい……）

と、考えた。

「何故じゃ？」

「は、それは……」

「それは？」

「夫、三浦芳之助が、亡くなりまして……」

「それは、存じておる」

「それで、あの……兄の許にも、居辛うなりまして……」

「居辛い、とな？」

「は……」

亡夫の敵討ちのために出奔したと、正直に打ち明ければ、

（きっと、彦根へ連れもどされてしまうにちがいない）

と、三千代は直感した。

藩庁のゆるしが出ていない敵討ちを、女の身で決行しようというのだから、これは、
（お咎めを受けても仕方がない……）
のである。
「何とぞ、何とぞ、おゆるし下さいますよう」
三千代は、泪声《なみだごえ》をあげて、川村弥兵衛の前へひれ伏した。
あとからあとから、とめどもなく泪があふれてくる。
そのくせ、三千代は、
（どうして、このように泪が出てくるのか……）
ふしぎにおもいつつも、一方では、
（何とか、この場を切りぬけたい……）
そのおもいで一杯なのだ。
悲しいから泣いているのではない。
恐ろしいから、泪があふれるのでもない。
ただ、いまこのとき、川村弥兵衛の前で、
（泣いたほうがよい……）
と、三千代の女の本能が命ずるままに、泣いているにすぎない。
（これが、女の空泪というものなのか……？）

われながら三千代は、呆れている。

ところが、川村の目には、泣きくずれている三千代が、

(哀れな……)

と、映るのである。

「事情も事情、また、女の身ゆえ、御重役方もやかましくは申されまいが……どうじゃ、彦根の兄の許へ帰る気はないのか?」

川村の声には、あきらかに三千代へのいたわりがこめられていた。

「かたじけのうは存じまするが……」

「帰る気はないと申す?」

「できますれば、この江戸にて、はたらきとうござります」

「はたらく、とな……」

「はい」

三千代は、亡き夫との思い出が残る彦根で、これから先の歳月を送るのは、まことに辛いとのべた。

そうなると、つぎからつぎへ、自分でも、おもいがけぬ言葉がすべり出てくる。

三浦芳之助のほかに、二度と夫をもちたくはない。再婚をしたくはない。

となれば当然、兄の彦太郎の厄介にならねばならぬ。

彦太郎も近いうちには妻を迎えることだろうし、そうなれば尚更に居辛くなる。

それゆえ、おもいきって江戸へ出て、女中奉公でもしながら、何とか身が立つようにしたいと願っている……と、三千代は泪ながらに申し立てた。

「ふうむ……」

川村弥兵衛は、しばらく沈思していたようだが、ややあって、

「それにしても、女ひとりで、ようも江戸までまいられたな」

「無我夢中でござりました」

「なるほど……」

川村弥兵衛の、三千代へ対する態度は、別にきびしいものではない。

それと看て、しだいに三千代は落ちつきを取りもどし、

「なれど川村様。私が御当家の厄介になっておりますことが、何処《いずこ》から、お耳に……?」

「直《じ》かに、わしの耳へ入ったのではない。わしは、江戸藩邸の上《うえ》つ方《かた》からいいつけられ、三千代どのの様子を見にまいったにすぎぬ」

「さようでござりましたか……」

「江戸はひろい。まして、桜田の御屋敷には、近ごろ国許《くにもと》から移ってまいった藩士《もの》もいる。となれば、三千代どのの顔を見知った藩士が、この辺《あた》りを通りかかり、そなたの顔

を見たのやも知れぬ」

「は……」

そういわれてみれば、うなずけぬことはない。

「おのれ一人がよいからというて、勝手気ままなふるまいをいたしては、そなたの兄の山口彦太郎に傷がつくやも知れぬ。そのことを、よくよく考えてみたことがおありか?」

おだやかな口調ながら、このように諭《さと》されると、三千代も返す言葉がなかった。

「まことにもって、申しわけのないことをいたしました」

頭を下げると、またしても泪があふれてくるのだ。

「先ず、こうして、そなたに会い、胸の内を聞き、他意のないことがようわかった」

「おそれいりましてございます」

「ともかくも藩邸へもどり、上つ方へ、このむねを申しあげておくが、これよりは何につけ勝手なふるまいをせぬように。よろしいか」

「はい」

いまは、桜田の藩邸へ連れて行かれずにすむらしい。

「この家のあるじには、夫に先立たれた身とのみ、告げておいた。三浦芳之助が、あのような死様をいたしたことは、もう忘れるがよい。わかっていような」

「は……」

「ところで、何ぞ、困っているようなことはないかな？」

「いえ、この駒井さまが、よくして下されますゆえ、一所懸命にはたらき、日を送っておりまする」

「ふむ、ふむ……」

うなずいた川村弥兵衛が、

「何ぞ、相談の事あらば、藩邸へ、わしを訪ねてまいるがよい。どのような小事《しょうじ》でもよいから、遠慮なく訪ねてまいられよ」

「かたじけのうござります」

「では、ともかくも、今日はこれにて……」

と、川村は立ちあがった。

帰って行く川村を駒井宗理と見送りながら、三千代は、ようやくに安堵のおもいが胸にこみあげてきた。

それから三千代は、取次の間で、駒井宗理へ、

「実は、夫が亡くなりましたのち、実家にも居辛くなり、おもいきって江戸へ出てまいりました」

と、いい、素直に詫びた。

宗理は、三千代を世話した丹波屋伊兵衛を信用しており、

「身もとのしっかりしたお人ゆえ、御安心を」

伊兵衛にそういわれると、それ以上のことを問いただしたりはしなかったらしい。

それよりも駒井宗理は、

(もしやして……?)

三千代が井伊家の江戸藩邸へ引き取られてしまうのではないかと、

「それがもう、気がかりで気がかりで……」

笑いながら、額に滲《にじ》んだ汗をぬぐった。

いま、三千代は、駒井家にとって、

「なくてはならぬ人……」

に、なりつつあった。

女中というよりも、三千代は家政婦になってしまっている。

ちかごろの宗理は、金銭の出し入れについても、三千代にまかせるようになってきているし、下男も弟子たちも、三千代の存在を重く見ていてくれる。

そして三千代は、

(自分が、たよられている……)

ことを、無意識のうちに感じとっていた。

自分が懸命に、はたらく。

はたらけば、はたらくほど、駒井の人びとによろこばれる。

それを、駒井宗理も弟子も下男も隠そうとはせぬ。

だから三千代にも、はっきりとわかるのだ。

わかれば、三千代もうれしい。

家事についても、いろいろと工夫をしてみる。

それがまた、よろこばれるとなれば、女にとって、これほど生甲斐のあることはないのである。

いずれにせよ、いまは、この明け暮れがつづくことを三千代は願ってやまない。

三千代のいいわけを、川村弥兵衛は一応、なっとくして藩邸へ帰ったようだ。

まだ、結果はわからない。

川村は、藩邸へもどり、江戸家老なり重役なりに今日の事を報告するであろう。

「そのようなれば、大事はあるまい。落ち着き先も、しかるべき家ゆえ、このまま江戸で暮させておいてもよいのではないか」

「おもえば、気の毒な女であるし、ここしばらくは様子を見てもよい」

そのような結果になることを、三千代は祈っていた。

翌日。

朝の用事をすませてから、三千代は丹波屋へおもむいた。

あるじの伊兵衛は、夏の疲れが出て、このところ寝たり起きたりの日を送っていたが、

「なんの。大したことはありませぬ。もう、大分によくなりましてな」

女中のおとよに付き添われ、座敷へ出て来た。

おとよは茶を出すと、気をきかせて座敷から去った。

「何ぞ、御用でもあって……？」

「はい。実は、昨日……」

と、三千代は、川村弥兵衛が駒井家へ訪れて来たことを告げた。

「ほう。それはそれは……」

丹波屋伊兵衛が目をみはって、

「よう、わかりましたな、井伊様で……」

「ではあの、こちらさまから桜田の御屋敷へは？」

「告げるわけがございませぬ。やはり、それは、あなたさまのお顔を見知っている御家中のどなたかが、この辺りを通りかかり、あなたさまを見たのでございましょう」

「はい。私も、さようにおもいました」

「ですが、まあ、よかった。よかった」

と、伊兵衛は笑顔になり、

「これで私も、ほんとうに安心でございますよ」

「まことに、御厄介ばかり、おかけ申しまして……」

「何の何の。これからは、もう大威張りでいられますよ」

「大丈夫でございましょうか？」

「さて、この先のことは私にもわかりませぬが……どうも、その、川村様とおっしゃるお方の言葉なり御様子なりを聞いてみると、井伊様でも、あなたさまが駒井宗理様のところで暮すことを、おみとめなすったのではございますまいか」

「それなら、よいのでございますが……」

「大丈夫、大丈夫」

ちょうど、そのころであったろう。

昨日、駒井家を訪ねて来た川村弥兵衛が、今日も駒井家の近くへ姿をあらわした。

駒井家からも見える今川橋のたもとを、神田堀に沿って西へ行くと、間もなく江戸城の外濠へ突き当る。

その外濠に面した鎌倉町の角に、

〔手打御膳蕎麦《てうちごぜんそば》　翁屋与兵衛《おきなやよへえ》〕

がある。

この蕎麦屋は、

「ぜいたく蕎麦」

などというだけあって、店は小体ながら品のよい造りで、風雅な中庭もあり、二階には茶室めいた小座敷が三つほどあった。

その小座敷の一つへ、川村弥兵衛があらわれたとき、すでに川村を待っていた男がいる。

女中に案内をされて、二階の小座敷へ入る川村弥兵衛の様子を見ると、この翁屋へ来るのは初めてではないらしい。

小座敷へ入った川村弥兵衛が、

「待たせたようじゃな」

と、待っていた男に声をかけた。

「出がけに、ちょいと用事ができてしもうて、遅れた」

「いえ、別に……」

こたえた男は、近藤虎次郎である。

「虎次郎。昨日、駒井宗理宅へまいってな」

「さようでございましたか。御足労《ごそくろう》をおかけ申しました」

「何の、われらとても、三浦芳之助の妻が江戸に来ているとなれば、捨ててもおけぬことよ」

「はい」

「三千代は、まことに、すこやかに暮しているようであった」

そこへ、女中が酒肴を運んできた。

「よし。こちらでやる」

川村はこういって、酌をしようとする女中へうなずいて見せた。

「では、お願いを……」

「よし、よし」

女中が出て行くのを待ちかねたように、近藤虎次郎が、

「で、いかが相なりましたか？」

「それがな、国許へ帰る気はないらしい」

「それは……？」

「虎次郎。おぬしのことを怨みにおもうとか、夫の敵を討とうなどとか、そうした気持ちは毛頭ないらしい。いや、わしはないと看た」

「いえ、そのことは別にしましても、女の身で、この江戸で暮しつづけるというのは、いかがなものでありましょう？」

「ふうむ……」

近藤の盃へ酌をしてやってから、川村弥兵衛が、

「気になるのか？」

「はい」

「ふうむ……」

虎次郎は目を伏せた。

「いまも、やはり、三千代のことを忘れかねているのじゃな」

虎次郎のこたえはなかった。

「藩邸の重役方も、三千代の落ちつき先を知って、それならば、当人のおもうままに江戸で暮させてみるのもよかろうということになった」

川村を見た近藤虎次郎の眼に、落胆の色が浮かんだ。

虎次郎は、先夜、駒井家へ押し込もうとする無頼浪人どもを斬って殪したことについて、まだ、川村弥兵衛へ語ってはいない。

語らぬのは、それだけの理由があるからなのであろう。

「なあに、案ずるにはおよぶまい。駒井宗理にも会うたが、あの者ならば三千代をあずけておいても安心じゃ。ただ、おぬしも江戸にいる。しかも駒井家からも遠くない場所に住み暮しているゆえ、それのみが気にかかる」

「はい」

「万一にも、道で顔を合わせたときのことを考えると、な……」

「そのとおりでございます」

「夫の敵を討つ心算《つもり》はなく、また、おぬしを討てるわけでもないが……出合うたとなると、また、はなしは別のことになろう。何かと面倒が起きまいものでもない」

「なればこそ、三千代どのを、ぜひとも国許へもどるように、おはからい願えますまいか」

「いや、わしも実のところは、そのほうがよいとおもうている。そこで、いろいろと上つ方へ申しあげたのじゃが、上には上の考えもあって、いましばらくは、三千代を国許へもどさぬほうがよいということになってしもうたのじゃ」

近藤虎次郎は、微かに呻いた。

「ま、ともかくも、いましばらくは様子をみようではないか。どうじゃ」

「は……」

「わしは、おぬしの亡き父御とは、ことさらに親しい間柄であった。なれば、おぬしの苦しみを他人事《ひとごと》にはおもわぬ」

「かたじけなく存じます」

「わしにできることならば、何なりとちからになろう」

「申しわけもなきことにて……」

「江戸藩邸で、おぬしが江戸にいることを知っているのは、わし一人ゆえ、そのつもりで、連絡《つなぎ》の折には、くれぐれも気をつけるように」

「はい」

「できるなら、住居《すまい》を変えたほうがよい」

「はい」

川村弥兵衛は、まだ三千代が生まれる前に彦根城下で暮していたらしい。

その後、江戸藩邸へ転任したのであった。

彦根城下には川村姓の藩士が何人もいることゆえ、三千代がそれとわからなかったのも無理はない。

「虎次郎。辛抱をするがよい。月日がたてば、おのずから道も開けよう。およばずながら、わしも、おぬしの行末については、いささか考えるところもある」

「御心配をおかけいたし、まことにもって……」

「なあに、かまわぬ。おぬしは、十五年前に亡くなった息子が生き返ったものと、わしは考えている。ときに、暮し向きに不如意《ふにょい》はないか」

「大丈夫でございます」

「ならば、また会おう」

この日以来、近藤虎次郎の姿を、駒井宗理宅の近辺で見受けなくなったようである。

もっとも、それに気づいたものは、だれ一人いなかったろう。

いや、ないこともない。

それは、下白壁町の丹波屋の、藍染川をへだてた向う側にある蕎麦屋の栄松庵《えいしょうあん》ではたらいている小女《こおんな》や亭主夫婦などが、

「ちかごろは、前によく来なすった背の高いご浪人さんが、ちっとも顔を見せなくなった」

「いや、あのお人は浪人をしていなさるけれども、なかなかどうして、ちゃんとしていなすったから、もしやすると、何処ぞへお召し抱えということになったのではあるまいか」

などと、うわさをしていたようだ。

栄松庵は、翁屋のように気取った蕎麦屋ではない。小座敷などもないし、階下の入れ込みに、さまざまな客がとなり合わせて蕎麦を啜《すす》る。

いずれにせよ、江戸へ来てからの近藤虎次郎は、蕎麦が好物となったのではあるまいか。

夏は去った。

秋から冬へ……。

三千代は、相変らず忠実にはたらき、駒井家の人びとの感謝を受けて暮すこころよさに、病気ひとつするでもなく、

「まあ、ずいぶん肥りなさいましたねえ」

三日に一度は顔を合わせる丹波屋の女中おとよにもいわれるほどで、たしかに、両腿《もも》のあたりから腕の付け根、双の乳房にもみっしりと肉が充《み》ちてきたのが、自分でもよくわかるのである。

「女は、三界に家なし」

などというけれども、いまの三千代は、生まれ育った近江・彦根の実家へ、

(もどりたい、帰りたい……)

切実に、そうおもうこともない。

亡き夫が生き返ってくれて、共に暮せるならば、はなしは別であった。

それというのも、駒井宗理家へ入ったことが、

(私にとっては、まことに倖いなことであった)

あらためて、そうおもわずにはいられない。

奉公人というよりも、三千代は駒井家の家族の一人といってよかった。

夫の敵を討とうという一念を、まったく忘れているときの自分に気づくことも、めずらしくはない。

それよりも、いまの三千代には、

(いま一度、堀本伯道様に……)

その再会を願うこころのほうが、強いのではあるまいか。

この年の冬が来た。

そして、江戸の町に吹きつけてくる木枯《こがらし》の強さに、三千代はおどろいた。

深々《しんしん》と冷え込みが強《きつ》くなり、物の気配の打ち絶えた静けさの中に、きびしい冬がやってくる彦根の城下とはちがい、江戸では、風の音も強いが、町の気配もあわただしくなってくる。

家事にいそしむ女たちの明け暮れも、また忙《せわ》しくなってきた。

駒井宗理は、大根の浅漬が好物だというし、また、沢庵も漬け込まねばならない。

丹波屋のおとよに相談し、下男の六造に手つだってもらって、三千代は漬物の用意にとりかかった。

そうした或日のことだが……。

買物へ出た三千代は、今川橋の北詰で、おとよと出合った。

「まあ、たまにはいいじゃありませんか、三千代さま」

こういって、おとよは三千代を新石町《しんこくちょう》一丁目の〔梅邑《うめむら》〕という汁粉屋《しるこ》へさそった。

こうした店へ入るのは、三千代にとって初めてのことだ。

小さな店だが、まるで料亭のように気のきいた造りで、中庭の向うには小座敷もあるらしい。

「江戸では、こんなところで、若い男や女が、あいびきをするんですよ、三千代さま」

「まあ……」

そういえば、二人連れが奥の小座敷へ入って行くのが見えた。

小さな、しゃれた塗椀《ぬりわん》へ入った粟《あわ》ぜんざいのうまさにも、三千代は目をみはった。

「いかがです、三千代さま」

「このような、おいしいもの、口にしたおぼえがありませぬ」

「まあ、大形《おおぎょう》な……」

「ほんとうです」

「では、ときどき、お一人でおいでなさいまし」

「おとよさん。また、さそって下さいまし」

「ようござんすとも」

駒井宗理からも給料が出たし、自分でつかえる金を、三千代は手にすることができた。

粟ぜんざいを食べ終え、茶をのみはじめたとき、三千代は、かねてからおとよに尋ねようとおもっていたことを、おもいきって口にしてみた。

「おとよさん。あの、源蔵さんは、その後、丹波屋さんへお見えになりませぬか？」

「ええ、もう、あれっきり。もしも、見えなすったら、三千代さまへお知らせするつもりでいるのですけれど……」

「お目にかかって、お礼を申しあげねばと、いつも、そうおもっているものですから

「……」

「まあ、そのうちに源蔵さん、顔を見せましょうよ」

「やはり、旅へ出ておいでなのでしょうか？」

「ええ、そうだとおもいますよ」

おとよも、源蔵のことは、あまりよく知らないらしい。

三千代が源蔵のことを尋ねたのは、何も源蔵に会いたいからではない。

たしかに、源蔵には恩義がある。

堀本伯道と別れて以来、自分を無事に江戸まで送りとどけてくれたのは、ほかならぬ源蔵であった。

しかし、三千代には、源蔵という男が何となく、

（得体の知れぬ……）

男のように感じられてならぬ。

やさしげなところは少しもないし、江戸への道中でも、三千代への態度は、むしろすげないものといってよかった。

だから格別、源蔵に会いたいわけではない。

ただ、源蔵に会えば、

（堀本伯道様の消息が、わかるのではないか……）

このことであった。

では、伯道の消息がわかったなら、どうしようというのであろうか……。

そこまでは、三千代の想いはかたちを成していない。

もしやして伯道が、江戸へあらわれることもないとはいえぬ。

東海道の宿場宿場でも、あれほど顔のひろい堀本伯道ゆえ、将軍家膝元の江戸と全く無関係だとはおもえぬ。

（もしも、伯道様が江戸に見えられたなら、一目でもよいから、お目にかかって、お礼を申しあげねば……）

三千代の、このおもいは募るばかりなのだ。

汁粉屋の〔梅邑〕を出るとき、三千代は、

「前にもたしか、おとよさんにも丹波屋の御主人さまにも、お尋ねいたしましたが……」

「はい？」

「もしや、おとよさん。堀本伯道様という御医者様のお名前を耳にしたことはありませぬか？」

「前にも、たしか、そんなことを……」

「はい。くどく念を入れて相すみませぬが……」

「存じませんねえ」

おとよは、三千代へ笑いかけながら、

「その、お医者さまというのは?」

「源蔵さんの、お知り合いのお方で、江戸へまいる道中で、いろいろと、お世話になったものですから……」

「さようですか……」

先へ立って夕暮れの町へ出て行きながら、おとよが、

「三千代さま。日が短くなりましたねえ。もう、こんなに暗くなってしまって……」

「つい、長ばなしをしてしまいました。相すみませぬ」

「とんでもない」

二人は、鍛冶町一丁目の角で別れた。

そして、三千代は今川橋の北詰を左へ折れ、例によって書物問屋の手前の細道から駒井家の裏手へ出た。

だが、いますこし、現代の時間でいえば一分か二分、おとよと別れるのが遅かったなら、どうであったろう。

ほとんど擦れちがいのかたちで、今川橋を向うから渡って来た男に、三千代は発見されていたにちがいない。

男は、井上忠八であった。

井上は、浪人ふうの旅姿で、日暮れどきの大通りの雑踏《ざっとう》を縫うようにしてあらわれた。

井上が、元乗物町の角を行き過ぎたとき、三千代は細道へ入ったか入らぬかというところだったろう。

井上忠八の顔は、前よりも窶れてい、しかも日に灼《や》けつくしている。

あれから井上は、初めて江戸の土を踏んだのであろうか。

いや、そうではない。

三千代よりも一足先に、井上は江戸へ入り、三千代を探しもとめつつ、三月《みつき》ほど暮して後、ふたたび江戸を発し、東海道をのぼっている。

そして近江・彦根の城下へ入り、三千代が実家の山口家へもどっていないことをたしかめている。

それから井上は、京都の伯母の家（蒔絵師・田村直七方）で夏をすごしてから、またも東海道を下って来たのだ。

さて……。

鍛冶町一丁目の商家で、井上忠八は何か尋ねてから、また歩みはじめた。

そして井上は、宿屋の丹波屋の前へ立ったのである。

「泊めてもらえるか。江戸へ着いたばかりなのだが、道中で知り合うた商人《あきんど》に、この宿のことを聞いた」

応対に出た番頭の常四郎《つねしろう》へ、井上はそういい、

「しばらくは厄介になりたいとおもう。ともかくも、これだけ、あずけておこう」

一両小判を二枚、常四郎へわたそうとした。

番頭の常四郎は、一夜泊りではないと聞いたので、すぐに奥へ入り、主人の伊兵衛へ念を入れておいてから引き返し、

「お待たせ申しあげましてございます。二階の奥の部屋ならばちょうどあいておりますが……」

「結構だ。さ、この二両をあずけておく」

「さようでございますか。それはまあ御念《ごねん》の入ったことで……はい、はい。それでは、たしかに、おあずかりいたしておきます」

井上は宿帳に、本名を記《しる》した。

ただし、居住地を近江・彦根とは書いていない。

井上忠八の亡父の従弟にあたる鍵屋利兵衛は、近江の草津の旅籠の主人であり、いまの井上は、そこが居住地となっている。

宿帳を見た番頭の常四郎は、夕餉の膳が出た後で井上の部屋へあらわれ、

「草津の鍵屋さんとは、すこしも知りませんでございました」

「私の親類にあたる」

「それはそれは、実は私、四年前に上方へまいりましたとき、鍵屋さんの御厄介になりまして……」

「おお、それはそれは……」

「往きも帰りも、鍵屋さんへ泊めてもらいましたので」

そこで番頭の、井上忠八への信用は倍加したといってよい。

夜がふけて、井上忠八は臥床へ入った。

(何としても、三千代さまを見つけ出したい)

そして、あのときの詫びを入れ、共に近藤虎次郎を討ち取らねばならぬと、井上はおもいきわめている。

天竜川の河原で、自分をひどい目にあわせた二人の無頼浪人へ仕返しをしたときの自信が、いまの井上の胸の中で大きくふくれあがっていた。

一人を討ち、一人を逃したが、

(あのようにすれば、近藤虎次郎だとて、討てぬことはない)

と、井上はおもっていた。

そして……。

近藤を討ったのち、

（もしも、かなえられることなら……）

と、井上の夢想は、さらに展開して行く。

（三千代さまが、ゆるして下さるなら……おれは、この一命にかけても、三千代さまを倖せにしたい。それには先ず、……そうだ。いのちがけで近藤に立ち向い、みごとに討ち取らねばならぬ。その、おれの姿を見たなら、あのときのことを、きっと、ゆるして下されよう）

雨戸を打つ木枯の音に、井上忠八は、なかなか寝つけなかった。

小豆粥《あずきがゆ》

新しい年が明けた。

駒井宗理家における三千代の生活は、依然、順調であった。

そして、井上忠八は、あれからずっと丹波屋へ滞在している。

雨や雪が降らぬ日は、かならず朝から出て日暮れに帰る。

三千代と近藤虎次郎を探しながら、江戸市中を歩きまわっているのだ。

それでいて、丹波屋とは、

「目と鼻の先の……」

駒井家に、三千代がいることを、井上はまったく気づかぬ。

丹波屋でも、三千代のことについては、

「他人に洩らしてはいけない」

と、主人の伊兵衛から念を入れられているので、奉公人たちも気をつけているし、井上は井上で、自分の真の目的を宿の者に語ることもない。

しかし、

「江戸で、人を探している」

と、井上が女中のおとよに洩らした一言を耳にした丹波屋伊兵衛は、

「もしやすると、井上さんは敵を討つ身なのかも知れないね」

そういって、

「敵討ちというものは、相手方に悟られてしまっては、せっかくの苦心も水の泡となってしまう。いいかえ、おとよ。お前も、このことを、人にいってはいけませんよ」

これまた、念を入れたものだから、おとよは三千代にも、井上のことをはなしていない。

丹波屋伊兵衛のみは、三千代が夫の敵を討つために江戸へ来たことも、よくわきまえている。

江戸へ下る道中で、供をしていた男に乱暴をされかかったことも、三千代は打ち明けた。

しかし、その男の名前までは伊兵衛に告げていなかったので、いま丹波屋に泊っている井上忠八が、まさかに、三千代から聞いた若党だとはおもわぬ。

三千代へ怪《け》しからぬまねをしたという若党は、もっと腹黒い、猥《みだ》りがましい男として、丹波屋伊兵衛に印象づけられていた。

三千代が、

「おとよさんは、おいでになりましょうか?」

と、丹波屋へあらわれるのも、めずらしいことではない。

だが、そのとき井上は、外へ出ている。

いや、雨の日に、三千代が丹波屋へあらわれ、台所で、おとよと茶をのんでいたこともないではなかったのだ。

そのときは井上も丹波屋の二階の小部屋に引きこもり、黙念と、窓から、降りけむる雨を見つめていたはずである。

それでいて、双方ともに出合わぬ。

世の中の、めぐり合わせというものは、およそ、こうしたものらしい。

新年を迎えた井上忠八の心境は、暗いものであった。

三千代を捨てて逃げた折に、井上は三千代からあずかった四十五両を身につけていた。

その金は、まだ残っているけれども、いずれはつかいつくしてしまう。

丹波屋での滞在は、長期にわたっていることだし、部屋も小さく、かなり割引いてくれているようだが、心細いことに変りはない。

それに、三千代に出合ったとき、

「おあずかりした金は、すべて、つかいつくしてしまいました」

というのも、こころ苦しいことだと井上はおもった。

（たとえ、いささかのことでもよい。何ぞ、おれがはたらく口はないものだろうか……）

と、井上はおもいはじめている。

（ここの主人《あるじ》は、親切な人らしい。おれにできる仕事を見つけてくれるのではないだろうか……）

井上は十日に一度、きちんと宿泊料を丹波屋へ払っているので、番頭の常四郎の、信用は大きい。

（そうだ。先ず、番頭に相談をしてみようか……）

などと、考えたりする。

（もしやすると、三千代さまも、近藤虎次郎も、江戸におらぬやも知れぬ）

井上の心は、ようやくに疲れを見せてきたようだ。

正月の十日。

例によって、朝から丹波屋を出た井上忠八は、上野山内から山下へ……それから浅草へ向った。

そして、金竜山《きんりゅうざん》・浅草寺《せんそうじ》へ参詣《さんけい》し、

（三千代さまと近藤虎次郎に出合えますように）

と、祈った。

これまでに井上は、何度も浅草へ来ている。

そのたびに浅草寺の観世音菩薩《かんぜおんぼさつ》に祈ってきた。

この日は風も絶えて、あたたかい日和《ひより》の所為《せい》もあり、浅草寺一帯の町すじには人があふれている。

当時の一月十日は、現代の二月といってよい。

まだ冬は去らぬが、春の足音を聞くのも、さほどに遠くはない。

参詣を終えた井上忠八は、浅草寺境内の五重塔の裏の木立の蔭へ入り、昼の弁当をつかった。

このごろの井上は、茶店へも入らぬほどに倹約をしている。

弁当は、おとよが仕度してくれた握り飯だが、破子《わりご》の中には梅干も佃煮《つくだに》も入っていた。

握り飯を食べ終えた井上は、木蔭から、虚《うつ》ろな視線を仁王門のあたりへただよわせていた。

その井上の目の中へ、ふっとひとりの男の姿が入ってきた。

その浪人ふうの男は、まぎれもなく、近藤虎次郎であった。

近藤は、浅草寺の本堂へ参拝をしたときに脱いだ塗笠を、まだ手にもっていた。

もしも近藤が、いま少し早く笠をかぶっていたら、井上忠八の目にとまらなかったろう。

参詣の人びとの雑踏《ざっとう》を避けるようにして、近藤虎次郎は絵馬堂《えまどう》のあたりから仁王門の側面へあらわれた。

そして、笠をかぶりながら仁王門をくぐった。

(見つけた……ついに、見つけたぞ……)

井上が、木蔭から立ちあがり、近藤の尾行を開始した。

(ああ、三千代さまの居所がわかっていたら……)

このことであった。

でき得るなら、

(三千代さまと共に、近藤を討ちたい……)

のである。

これは、井上自身の敵討ちではない。

いますぐ、日中の街路で近藤へ斬りかかるわけにはまいらぬ。

また、尋常に名乗りをあげて立ち向ったのでは、到底、近藤の敵ではないことを井上はわきまえている。

近藤を打ち殪《たお》すには、奇襲以外に、方法はない。

（ともかくも、今日は、近藤の居所をつきとめておこう）

と、井上の肚は決まった。

仁王門から風雷神門をぬけた近藤虎次郎は、浅草御門へ通じる大通りを、ゆっくりと歩いて行く。

目ぬきの大通りだけに、行き交う人も多い。

それは、尾行をするのに、もっともよい条件だったといえよう。

前方の左側に、幕府の御米蔵《おこめぐら》の巨大な建物が鳥越橋のあたりまでつづいている。

右側は、びっしりと商家がたちならび、近藤は、この商家に沿って歩みつつあった。

井上は、笠の間から五間《けん》ほど先を行く近藤の塗笠を睨みながら、石清水八幡宮《いわしみずはちまんぐう》の門前へさしかかった。

この八幡宮は、元禄のはじめに、五代将軍・徳川綱吉が、石清水正《しょう》八幡を勧請《かんじょう》したもので、別当を大護院《だいごいん》と号し、護摩堂《ごまどう》の本尊は、運慶《うんけい》作の五大明王《ごだいみょうおう》だそうな。

蔵前の大通りに面して大鳥居があり、その両側は門前町で、茶店や土産物屋が軒をつらねている。

その前を、元旅籠町《もとはたごちょう》の方へ通りすぎた井上忠八が、前を行く近藤の塗笠を見失いかけたので、笠に手をかけ、顔をあげた。

その、井上の横顔を、すぐ近くで見た男がいる。

これも浪人で、八幡宮門前の茶店の大通りに面した腰掛けにいて、団子を食べていたのだ。

その前を井上が通りかかった。

井上は、前方の近藤虎次郎に気をとられていて、一間ほど離れた右手の腰掛けにいる浪人の顔を見ていなかった。

見ていたら、どうなったろう。

浪人は、天竜川の河原で、井上が斬り損ねた青木市之助であった。

青木は無頼浪人どもと駒井宗理宅を襲いかけて、近藤虎次郎に阻《はば》まれ、危《あやう》いところで逃げた。

だから近藤が見れば、ただちに青木市之助とわかったはずだ。

しかし、近藤虎次郎は塗笠をかぶり、茶店からやや離れたところを通りぬけた。

そのときに、団子を食べている青木と通りすぎる近藤との間を、何人もの通行人が行き交《か》っていたこともあり、近藤は、ほとんど茶店の方へ視線を向けなかったのだ。

青木のほうは、近藤を見てもわからなかったろう。

八丁堤の斬り合いは闇の中でおこなわれたのだし、その前の近藤の尾行に、青木は全く気づいていていない。

さて……。

目の前を通りすぎた井上忠八を見て、

（あっ。まさに、あいつだ）

青木市之助は手早く茶店の勘定をはらい、立ちあがった。

（畜生め。よくもあのとき……）

おのれの顔を隠しもせず、青木は井上の後を尾《つ》けはじめた。

青木は、堀本伯道の竹杖によって潰された左眼を灰色の眼帯で隠している。

歩み出しながら、ふところから出した柿色の無地の手ぬぐいを頭へのせ、両端を顔の両側に垂らした青木市之助が、

（いまに見ろ。あのときの怨みは、きっと、はらしてやるぞ）

慣れきった身のこなしで、井上を尾行する。

近藤を尾ける井上。その井上を尾ける青木市之助。

この三人は、やがて、浅草御門前を左へ折れ、柳橋をわたり、大川（隅田川）へ架かる両国橋をわたりはじめた。

まるで春が来たように暖かい日ざしの下で、人びとは目を細めて歩む。

どこも、人出が多かった。

近藤虎次郎は両国橋をわたると、東詰の広場の向うの〔原治《はらじ》〕という蕎麦屋へ入った。

この蕎麦屋は元禄以前の創業で、東両国の〔原治〕といえば、このあたりで知らぬ者はない。

近藤虎次郎は、やはり、蕎麦が好きらしい。

近藤が〔原治〕へ入って行った後で、井上忠八も傍へ近寄って行った。

〔原治〕は構えも大きく、客の出入りもはげしい。

表の障子戸は開け放してないが、格子窓《こうしまど》の外へ、中にいる客の声が洩れてくるほどの繁昌ぶりである。

その格子窓から、笠をかぶったままの井上が中をのぞき込み、近藤がいることをみとめたらしく、微《かす》かにうなずいたようだ。

それから井上は、あたりを見まわした。

両国橋の東西の袂《たもと》の広場には、葦簀張りや板張りの茶店、種々の見世物小屋などが密集し、江戸市中でも屈指の盛り場となっている。

〔原治〕の表口がよく見える茶店の一つをえらび、井上は入って行き、茶と饅頭を注文した。

むろん、青木市之助は、こうした井上忠八の挙動を逐一《ちくいち》見まもっていた。

(はて……?)

どうも、おかしい。

(彼奴《きやっ》め、いったい、何をしているのだろう?)

このときは青木も、井上が近藤を尾行していることに気づいていない。

青木もまた、別の茶店をえらび、これは酒を注文した。

青木がいる茶店は、井上の斜め後ろにあった。

近藤虎次郎が〔原治〕から出て来るまでには、さほどの長い時間を要さなかった。

近藤は酒をのまず、蕎麦だけを口にして、すぐに出て来たのであろう。

近藤が出て来ると、すぐに井上は勘定をはらって立ちあがり、後を尾けはじめた。

青木も、あわてて腰をあげた。

ここに到って、

(ははあ……彼奴め、あの浪人の後を尾けているらしい)

ようやく、青木にもわかった。

近藤虎次郎は広場の雑踏を抜け、竪川《たてかわ》沿いの道を東へ歩み出した。

竪川は、大川(隅田川)へ架かる両国橋の南から東方へながれこむ入り堀の名である。

この竪川は、寛永のころに幕府が掘り通したもので、一ノ橋から六ノ橋を架けわたし、深川と本所をつなぎ合わせた。

近藤は一ツ目橋の北詰を過ぎ、二ツ目橋、三ツ目橋をも通り過ぎた。

人通りが絶えないので、井上の尾行も容易であった。

本所の竪川へ架かる一ノ橋から六ノ橋までのうち、五ツ目と六ツ目の橋は、取りはらわれてしまい、そのかわり、前の五ツ目の橋のかわりに幅二十間の竪川へ渡し舟が設けてある。

それというのも、このあたりまで来ると、本所の土地が江戸の府内へ編入される以前の田園地帯の姿が、まだ色濃く残ってい、人通りも人家も少いからであろう。

しかし、竪川沿いの通りには小さな商店や居酒屋などもたちならんでいる。

近藤虎次郎は、五ツ目の渡しのところを左へ曲った。

この竪川通りから北へ通っている道を、土地《ところ》の人びとは、

「五ツ目道」

と、よんでいる。

五ツ目道へ入ると両側の風景は一変してしまう。

田畑と木立が両側にひろがり、ところどころに藁《わら》屋根の百姓家が見えるという、まったくの田園風景であった。

竪川の五ツ目の、一つ裏側を、中《なか》ノ郷《ごう》・五《ご》ノ橋《はし》町という。

五ノ橋町の、いま一つ北側は小梅村の飛地《とびち》だ。

その小梅村の一角に、竹藪《たけやぶ》を背にした剣術の道場がある。

道場といっても、藁屋根の百姓家を改造したもので、門人の数も多くはないらしい。

道場の主《あるじ》は一刀流の剣客《けんかく》で、木村又右衛門《きむらまたえもん》という。

木村は、もう、ここに十年も住みつき、二十余名の門人へ稽古《けいこ》をつけている。五十を二つ三つ越えているだろうか、小柄で温厚な人物で、近辺の人びとの評判もよい。

妻も子もない独り身暮しをつづけている木村又右衛門を、

「小梅の先生……」

と、よんで、近辺の人びとが、かわるがわる洗濯やら食事の世話を買って出るようになったのも、木村の人柄によるものであろう。

そもそも木村は、だれの目にも剣客とは映《うつ》らない。

頭は、つるつるに禿《は》げあがっていて、四つ五つは老けて見えるし、洗いざらしの筒袖の着物に裾の短い袴をつけ、いつも、にこにことして、子供たちにも愛想がよい。

門人も、本所界隈《かいわい》に住む身分の低い家の子弟や、大名の下屋敷に詰めている足軽などばかりだが、いずれも若く、稽古熱心で、朝早くから日が落ちるまで、木村道場では木太刀の打ち合う音と気合声が絶えぬ。

さて……。

竪川通りを五ツ目まで来た近藤虎次郎が左へ折れ、木村道場へ入って行くのを、井上忠八は、たしかに見とどけた。

井上が、この尾行に成功したのは、よく晴れた日の午後で、人通りもあり、種々雑多な町の物音も絶えていなかったからだ。

竪川通りの三ツ目橋をすぎ、道行く人の足が疎《まばら》になると、井上は近藤の背後から遠くはなれた。

二人の間が雑踏していなければ、

(見うしなうことはない……)

と、考えたわけで、これがよかった。

それは、井上忠八の後を尾ける青木市之助の場合も、同様であったといえよう。

青木浪人も、井上を見うしなうことなく、尾行して来た。

(はて……?)

木村道場の前を二度三度と行ったり来たりしながら、

(近藤は、この道場に住んでいるのか……?)

井上は、思案をした。

住んでいるようにも、おもえない。

青木は木蔭から、凝と井上を見まもっている。

(畜生め。叩っ斬ってやる!!)

しかし、天竜川の河原で襲いかかって来たときの、井上忠八の凄まじい闘志を知っているだけに、

(おれ一人では、こころもとない……)
ような気もするのだ。
いま、青木は、また深川の石置場の荒屋へ舞いもどって来ている。
以前、この荒屋を塒《ねぐら》にしていた四人の無頼浪人は、いずれも近藤虎次郎に斬り殪され
てしまったが、青木は、それを知らぬ。
八丁堤の暗闇の中での斬り合いだったので、青木は近藤の顔も、よくわからなかった。
(こいつはやはり、他人《ひと》の手を借りなくてはならぬか……)
青木は、木蔭で舌打ちをした。
三月《み》ほど前から、二人の無頼浪人と知り合い、彼らと共に石置場の荒屋で暮している
青木なのだが、
(あの二人は、金にならねえ人殺しの手つだいをしてくれるだろうか……?)
どうも、こころもとない気がする。
(あいつのふところが暖かそうなら、殺《や》っつけて金を奪えるのだが……どうも、財布の
中は軽いようだな。見ろ、あの、みすぼらしい恰好を……)
何だか、青木は、ばかばかしくなってきた。
(それよりも、もう一度、あの印判師の家へ押し込んでみたらどうだろう。あの女、ま
だ、いるだろうか。あの女があそこにいることを、あいつは知っているのだろうか

……？）

井上忠八は、木村道場の向う側の木立の中へ入って行った。

つまり、道場を中にして西側の木立に井上。東側の木蔭に青木浪人が潜んだことになる。

（あいつ、道場へ入った浪人が出て来るのを待つ心算《つもり》らしい）

青木市之助は、うんざりしてきた。

井上忠八への怨みもないではないが、青木が忘れられないのは、堀本伯道である。

（あの老いぼれの竹杖で、おれは片眼を潰されてしまった……）

伯道を見かけたなら、

（何としても、怨みをはらすぞ）

と、青木は、おもいきわめていた。

もとより伯道の正面から打ちかかったところで、手も足も出まい。

しかし、

（どのような手だてをしても、あの老いぼれの息の根をとめずにはおかぬ）

このことであった。

木村道場の内からは、木太刀の打ち合う激しい音が絶え間もなく、きこえていた。

日が傾きかけた青い空に、一羽の鳶《とび》が悠々と旋回している。

（てっ……つまらねえ、つまらねえ）

ついに、あきらめた青木市之助は、木蔭からそっとぬけ出し、竪川通りを引き返して行った。

だが、青木が此処まで井上を尾行して来たことは、むだではなかった。

それは、後になってわかる。

そのころ……。

木村道場を訪れた近藤虎次郎は、道場の裏手にある木村又右衛門の住居《すまい》へ案内され、そこで冷酒を酌みかわしていた。

住居といっても、小さな部屋が二つだけの、これも百姓家の物置小屋を改造したものなのだ。

「ちょうど、よいところへ来てくれた」

と、木村又右衛門が、

「実は、明日あたり、おぬしのところへ行こうかとおもっていたのだ」

「それは、また、何ぞ急なことでも？」

「ま、そんなところさ」

いまの近藤虎次郎は、浅草の阿部川町にある西光寺《さいこうじ》という寺の世話になっている。

以前に住んでいた神田・小柳町の桶屋の紹介によるものであった。

小柳町に住んでいたころ、近藤は偶然に、丹波屋へ入る三千代を見かけたのである。いまは、月に一度ほど、駒井宗理宅の周辺を歩いてみるだけだが、一度も三千代を見かけていない。

三千代の後を尾けていた無頼浪人のことが気にかかり、深川にある彼らの塒を見張っていて、ついに、駒井家へ押し込みかけた無頼どもを斬って捨てたが、

（一人、逃げた……）

ことを、近藤はおぼえている。

逃げた一人が、青木市之助かどうか、それは、知らぬ。

あの日。

丹波屋のおとよと別れた三千代が、駒井家へもどる姿を、近藤虎次郎も見かけたのだ。

すると……。

見るからに、いかがわしい浪人が三千代の後を尾けて行くではないか。

（はて、妙なやつ……）

そこで近藤は、青木の後を尾け、深川の浪人どもの塒を見つけ出したのである。

それから昼も夜も、近藤は石置場の荒屋から目をはなさなかったので、浪人どもが夜ふけに駒井家を襲おうとしたときも、深川から尾行することを得た。

これは、なまなかなことではない。

つまり、それほどに近藤は、三千代の身を密《ひそ》かに案じていることになる。

八丁堤の事件後も、近藤虎次郎は数度、石置場の荒屋を見に行ったが、だれもいなかった。

逃げた一人も、もどって来ないらしい。

五人のうちの四人まで、斬って殪したのだから、

(もう、大丈夫であろう)

と、おもう一方では、一人だけ逃げた浪人が気にかからぬでもない。

(あの浪人は、三千代どのを知っての上で、後を尾けたり、印判師の家へ押し込もうとしたのか……?)

それが、気にかかる。

しかし、

(あれだけ、懲《こら》しめてやった……)

のだから、大丈夫だという気もする。

いずれにせよ、三千代が江戸に住み暮すことを、井伊家でも了解してくれたのだから、

(自分は、もう引き下っていればよい)

と、おもうが、でき得るなら、三千代が彦根へ帰ってくれることを、近藤虎次郎はのぞんでいるのだ。

（ともかくも、そのうちに、深川の、あの浪人どもの巣をのぞいてみよう）

近藤は先刻も、浅草から木村道場へやって来る途々に、そう考えていた。

「で、私に御用と申されるのは？」

冷酒をのみながら、近藤が問いかけると、木村又右衛門が、

「どうじゃ。しばらくの間、この道場をあずかってもらえぬだろうか？」

と、いい出たものである。

「あずかる……？」

「うむ。そうじゃな、一年か二年ほど……」

「それで、あなたはどうなされます？」

「また、旅へ出たくなってな。もう十年も、江戸から離れていない」

木村又右衛門が、どのような生い立ちなのか、それは近藤虎次郎も知らぬ。

近藤は、少年のころから十余年にわたり、京都郊外に無外流《むがいりゅう》の道場を構える駒井孫九郎の許で、剣術の修行を積んだ。

その折、木村又右衛門は数度にわたって駒井道場を訪れ、長いときは二月《ふた》も三月《み》も滞在し、門人たちへ稽古をつけてくれた。

駒井孫九郎とも、親しい間柄であったらしい。

そのころの木村又右衛門は、飄々《ひょうひょう》として旅をつづけ、諸方の道場を訪れては滞在をす

るといった暮しをしていたらしい。

そして駒井道場へあらわれると、先ず、近藤虎次郎を引き出して稽古をつけてくれる。

「ほう。大きくなったなあ」

とか、

「うむ、うむ。上達したぞ」

とか、非常に目をかけて、熱心に指導してくれたことを、近藤はいまもって忘れはせぬ。

近藤は彦根にいたころも、ようやく江戸の外れに道場を構えた木村との文通をかわしており、一昨年の夏の、あの事件後、江戸へ来たとき、先ず、木村又右衛門を訪れている。

彦根を出奔したと聞いたとき、

「何で、また……？」

と、木村はおどろいた。

「人をひとり、殺《あや》めてしまいました」

「ふうむ……」

何故、殺めたかとも問わぬ木村又右衛門であった。

ゆえに、近藤虎次郎も、くわしい事情を打ち明けてはいない。

それがまた、近藤にとってはうれしかった。

木村は、

「そうか……」

こういって、うなずいたのみだ。

「住むところはあるのか？」

「いえ、別に……」

「この道場へ寝泊りしてはどうじゃ？」

「さ、それはなりますまい」

「何故じゃ？」

「何故でも……」

「ふうん……」

このときも、木村はくどい問いかけをしなかった。

そのかわりに、それならばというので、木村は知り合いの神田・小柳町の桶屋の二階へ、近藤の塒をさだめてくれたのだ。

木村又右衛門のすることは、このように、すこしもむだがない。

おのが信じている近藤が人を殺害したというなら、それだけの理由があってのことだと、簡明に、おもいきわめているらしかった。

近藤が事情を語ったところで、自分がすることは少しも変らぬ。

（ならば、問いかけてみてもはじまらぬ）

これが、木村の考え方なのであろう。

家族もなく、身分もなく、財産もなく、ひたすらに剣の道をたのしみつつ生きている木村又右衛門のような男は、

（まことに、強い……）

と、いうことになる。

「神田から浅草の寺へ移ったばかりで気の毒だが、どうじゃ、此処へ来てくれぬか？」

「それは、かまいませぬが……」

「そうか、来てくれるか。ありがたい、ありがたい」

「ですが、私に木村先生の代りがつとまりましょうか。流儀もちがう上に……」

「流儀なぞは、どうでもよい。わしの門人たちは、これまでにも、おぬしに稽古をつけてもらっているし、みな、よろこんでいるらしい」

「さようでしょうか……」

「大丈夫、大丈夫」

「ですが、先生。旅と申されても、何処へおいでなさるので？」

「何処といって、あてもないのだが……わしもな、知ってのとおり、若いころから、長

年にわたり、旅修行をつづけてきたので諸国に剣客の知己《ちき》が多い」

「はい」

「五十をこえたので、そうした人びとの顔を見ておきたくなったともいえよう。気ままな旅へ出るのも、これが最後じゃ」

この本所・小梅村の小さな道場で、木村又右衛門は生涯を終える決意をかためたらしい。

「二年はかかるまい。かならず、此処へ帰って来る」

「それでは、お引き受けいたしましょう」

「そうか。かたじけない」

「ですが先生……」

「む?」

「留守をあずかる私の身に、もしも異変が起りましたときは、この道場を出なくてはなりませぬ。それで、よろしゅうございますか?」

「よいとも」

言下に、木村がこたえた。

例によって、

「その異変とは?」

などという質問を、木村はしなかった。

「わしが、おぬしに留守をたのむのは、門人たちへの稽古をたのむの一事あるのみなのじゃ」

「わかりました」

「では、引き受けてくれるな」

「お引き受けいたしましょう」

井上忠八は、まだ木蔭にいて、近藤虎次郎が出て来るのを待っている。

近藤虎次郎が、木村道場を出たのは、六ツ半(午後七時)ごろであったろう。

この間に、木村又右衛門と共に道場へ出て、門人たちの稽古を見たり、日が暮れて門人が帰って後も、また、しばらくは酒を酌みかわしていたらしい。

木村に見送られ、門外へあらわれた近藤は、借り受けた提灯を手にしている。

門といっても、木村又右衛門が門人たちと共に建てたもので、まことに粗末なものといってよい。

「では、近きうちに……」

「たのむぞ」

「すっかり、御馳走になってしまいました」

「何の何の……それよりも約束を違《たが》えてもらっては困る」

「大丈夫です」

「どれほど待ったらよい?」

「二、三日ほど」

「よし、わかった」

この二人の会話は声も高かったので、木蔭に隠れていた井上忠八の耳へも入ったろう。

あれから井上は、辛抱づよく、木立の中から見張りをつづけていたのである。

木村が道場内へもどって行き、暗闇の道を近藤の提灯のあかりが、竪川道の方へ遠ざかって行く。

夜になったので、近藤はぬいだ塗笠の緒を差し添えの脇差の柄へ引っかけていた。

井上忠八に提灯の用意はないが、先を行く近藤の提灯のあかりから目を離さねばよい。

しかし、人通りの少い夜道ゆえ、うっかりすると尾行の気配をさとられるおそれがある。

井上は足音を忍ばせて、後を尾けた。

日中はあれほどの晴天だったのに、いつの間にか雲が出て、寒気も加わってきた。

(夜道でもあるし、このまま、そっと近寄って行き、後ろから斬りつければ、おれにも討てるのではないか……)

と、井上はおもった。

しかし、旧主の三浦芳之助を、ただの一太刀で仕とめた近藤虎次郎の手練の凄さを知っているだけに、

（いや、いますこし、様子を見てからでも遅くはない。ともかくも近藤の居所をつきとめねばならぬ）

それを、井上は自分自身のいいわけにした。

そして、でき得るなら、三千代と共に近藤を討ちたかった。

近藤虎次郎が竪川通りを両国橋の方へ歩んでいるとき、無頼浪人の青木市之助は、まだ、この辺りにいた。

竪川の二ツ目橋のあたりに〔五鉄《ごてつ》〕という軍鶏《しゃも》なべ屋がある。

このあたりでも、古い店らしい。

青木は、井上忠八の見張りに飽きてしまい、竪川通りを引き返して来て〔五鉄〕の前へ通りかかった。

戸障子の隙間から、軍鶏を煮るにおいがうまそうにただよってくる。

（そうだ。ついでに腹ごしらえをしようか……）

そこで〔五鉄〕へ入った。

入ってみると、酒もうまいし、軍鶏もうまい。

（こいつは、いい店を見つけたものだ）

青木は、すっかり腰を落ちつけてしまった。

青木の酒は、

「底なし……」

などと、仲間の浪人たちもいうほどで、のもうとおもえば、いくらでも入ってしまう。

それも、ゆっくりとのむ。

この日の青木は〔五鉄〕で一升ほどのんだ。

勘定を払ったとき、ついでに軽便な造りの提灯も買った。

むかしの、こうした店には、そうした提灯を売っていたのである。

〔五鉄〕の階下は、真中に通路があって、両側が入れ込みになってい、安価でうまい食べものと酒をたのしむ人びとが充満していた。

小女《こおんな》が出す提灯を受け取った青木浪人が、

「ありがとうよ」

「また、おいでなさいまし」

「おう。くるとも」

戸障子を開け、一歩、外へ出た青木市之助の目の前を、近藤虎次郎が通って行った。

(あ……)

はっとして青木は、また店の中へ入り、戸障子を閉め、その隙間から外を窺《うかが》った。

まだ戸を閉めていない店屋もあったし、外の道へも灯りがただよっていたし、笠もかぶらぬ近藤の顔がはっきりと青木に見えた。

近藤は青木のほうをちらりと見たが、気にもとめず、両国橋の方へ去った。

青木は、井上が近藤を小梅の剣術道場まで尾行したことをつきとめている。

(あの侍は、いま、帰るところだ。すると、あいつも後を尾けているにちがいない)

果して〔五鉄〕の前を、井上忠八が通りすぎて行った。

それを、青木は戸障子の隙間から見た。

井上忠八が〔五鉄〕の前を行きすぎてから、青木市之助は外へ出た。

(ようし。こうなったら、こっちも後を尾けてやる。そして隙があったら、あいつを叩っ斬ってやる)

酒が入っていたし、青木浪人は天竜川の河原で井上に追いまわされたときの怨みが、またも燃えあがってきた。

あのとき井上に斬殺された仲間の浪人の、

(敵を討ってやる!!)

それも、むろんある。

近藤虎次郎は、両国橋の東詰へさしかかった。

東詰の蕎麦屋〔原治〕は、まだ店を開けている。

それと見て、近藤は、またも〔原治〕へ足を向けかけたが、おもいとどまったらしく、両国橋を西へわたった。

それにしても近藤は、蕎麦が大好物らしい。

大川（隅田川）の川面が波立っていた。

風が出てきたのだ。

橋上には、通行の人びとの提灯が行き交っている。

（ともかくも、今夜は、近藤の住居をつきとめておくにとどめよう）

と、井上忠八は、ようやくに肚を決めた。

そして、浅草・阿部川町の西光寺へ入る近藤を、たしかに見とどけたのである。

近藤が西光寺の門傍についている通用門の戸を叩くと、寺の下男が戸を開け、

「お帰りなさいまし」

と、近藤にいった声が、寺の土塀の蔭へ身を寄せていた井上忠八の耳へ入った。

（この寺に住み暮しているのだな……）

うなずいた井上は、上野山下へ出て、御成道《おなりみち》を神田へ向って歩む。

途中、寺院や武家屋敷がたちならぶ暗い道もあったし、

（畜生め。殺《や》ってやろうか……）

依然、井上の尾行をつづけていた青木市之助は、刀の鯉口を切りさえした。

しかし、

(やはり、いかぬかな……)

何しろ今夜の青木は、酒をのみすぎている。

緊張して尾行をつづけるだけでも精一杯のところで、ともすれば呼吸《いき》もあがってくるし、

(これはやはり、出直したほうがよい)

と、おもった。

井上忠八は、青木浪人の尾行にまったく気づかなかった。

そして青木は、宿屋の丹波屋へ入って行く井上を見とどけた。

(ははあ。この宿屋に泊っているのか……)

その途端に、ある考えが青木の脳裡に浮かんだ。

(これは、おもしろいぞ)

青木市之助は、北叟笑《ほくそえ》んだ。

すでにのべたごとく、青木は井上に対して、さほどに深い怨みを抱いているわけではない。

(ぜひにも……)

井上へ仕返しをしなくてはならぬというのでもない。

(やろうとおもえば、いつでもできることだし……それよりも、あいつを、もっと苦しませてやったほうがいい。そうだ。そのほうがおもしろい)

井上忠八が何故、近藤虎次郎を執拗に尾行しているか、それは知らぬ。

そもそも青木は、二人の名前さえ知っていないのだ。

だが、井上が近藤をつけ狙《ねら》っていることだけはたしかだと看てよい。

(あいつが後を尾けていたことを、あの侍に知らせてやったらどうだろう。侍は、これから出歩くときも気をつけるようになるだろう。すると、あいつが困る。いや、もしやすると侍に捕まって、ひどい目にあうやも知れぬ。いずれにしろ、あいつが、この宿屋に泊っていることをつきとめてあるのだから、仕返しは、いつでもできる)

丹波屋の前から青木市之助が歩みはじめたとき、雨が落ちて来た。

(や、これはいかん。深川へ帰るのも面倒になった。また今夜も、白粉《おしろい》の匂いでも嗅《か》ぐとしようか……)

実は昨日、青木は浅草・橋場の料理茶屋から駕籠で帰る商家の主人らしいのを襲い、これを殺害し、金を奪っている。

駕籠舁《か》きは逃げたが、こちらは覆面をしていたし、

(なあに、大丈夫だ)

とばかり、今日も浅草界隈《かいわい》をぶらぶらしていた青木市之助なのだ。

こうした辻斬りなどは、青木にとって、すこしもめずらしいことではない。

昨夜、殺した男のふところには、合わせて二十両ほど入っていた。

(おもいがけねえ、大漁だ)

と、青木は大よろこびをして、昨夜は、深川の荒屋へもどらなかった。

根津権現《ねづごんげん》門前の岡場所《おかばしょ》(官許以外の、私娼をおいている遊里)へ泊り込んだのだ。今夜も、そこへ行くつもりらしい。

この夜。

井上忠八は、昂奮して寝つけなかった。

西光寺の庫裡《くり》の一間で臥床《ふしど》についた近藤虎次郎は、

(念のため、明日は、深川へ行き、あの荒屋の様子を見てこよう)

そうおもいながら、眠りに入った。

翌一月十一日は朝から雨が強くなり、終日、降りしきった。

西光寺で目ざめた近藤虎次郎は、外出《そとで》をあきらめ、朝餉《あさげ》がすむと手紙を書きはじめた。

井伊家の江戸藩邸にいる川村弥兵衛へあてたものだ。

近藤が川村へ何かの連絡をするときは、西光寺の和尚の名前をもっておこなう。

これは川村も承知しているし、和尚も了解してくれていた。

手紙の内容は、駒井宗理家にいる三千代のことを、これからも何かにつけて保護していただきたいという事と、二、三日うちに自分が本所の小梅の木村又右衛門道場へ移り住む事情を告げたものである。

手紙を書き終えた近藤は、寺の小坊主をよび、

「別に急がぬ手紙じゃ。いつものように桜田の井伊様御屋敷内の川村弥兵衛様へ、おわたし申してくだされ」

「はい」

「何ぞ、好きなものでも……」

と、使い賃をわたすと、小坊主はいかにもうれしげな顔つきになった。

「今日は雨ゆえ、明日でよろしい。和尚様へは私から申しあげておこう」

「おねがい申します」

手紙を持った小坊主が去ってのち、近藤は和尚の居間へ行き、しばらくの間、本所の木村道場を引き受けることを告げた。

「さようか。では、その留守番がすんだなら、また、もどっておいでになるがよい」

「かたじけのうございます」

「ま、茶でものんで行きなされ」

和尚と、しばらく世間ばなしなどをしてから、近藤は自分の部屋へもどり、手まわりの品をまとめはじめた。

そこへ、手紙が届いた。

どこかの使いの者が、

「この手紙を、こちらにおいでなさるお侍さまへ、おわたしして下さいまし」

と、小坊主へわたし、

「いえ、御返事にはおよびませんので……」

たちまちに、雨の中を駆け去ってしまったという。

西光寺にいる侍といえば、近藤虎次郎のみだ。

「相手の御名前を尋ねる間もありませぬでした」

と、小坊主。

「さようか。いや、御苦労でした」

小坊主が去ったので、近藤が手紙をあらためた。

差出人の名も、また自分の名も表には書いてない。

(はて……?)

ともかくも近藤は、手紙を読んで見ることにした。

手紙の大意《たいい》は、つぎのようなものである。

「……昨日、貴殿《きでん》が本所の小梅の道場へまいられたとき、貴殿の後を尾けていた男がいたのを御存知か?

年齢《とし》のころは、二十六、七に見え、浪人のように見受けた。この男は、貴殿が夜に入って道場を出るまで、物蔭《ものかげ》に潜《ひそ》みおったものとおもわれる。

そして、貴殿が阿部川町の西光寺へ入ったのを、たしかに見とどけた後、立ち去ったのでござる。

この男は、いま、神田の下白壁町にある丹波屋という宿屋に滞留《たいりゆう》しているものとおもわれる。

このようなことを何故、貴殿へお知らせいたしたか、それは別に申しあげるまでもないと存ずる。

いずれにせよ、くれぐれも、御油断なきよう」

そして手紙の中にも、差出人の名は書いてない。近藤の名も、したためてはなかった。

手紙を読み返しはじめた近藤虎次郎の顔に血がのぼり、両眼に強い光りが加わってきている。

(この手紙を届けてよこしたのは、いったい、だれなのか？)

使いの者が逃げるように立ち去ってしまったのだから、尋ねるすべもない。

(この手紙に書いてあることが、もし、ほんとうだとしたら、私の後を尾けて来た浪人とは、いったい何者なのか？)

どうも、わからぬ。

わからぬながらも、近藤がはっとしたのは、自分を尾行していたという浪人が下白壁町の丹波屋に泊っているという一事であった。

丹波屋といえば、去年の春に、旅姿の三千代が入って行くのを近藤は見かけている。

あのとき近藤は、藍染川をへだてて丹波屋の真向いにある、行きつけの蕎麦屋から出て来て、偶然に三千代を見かけた。

そのとき、三千代を案内して丹波屋へ入って行った旅姿の男は町人であった。浪人ではない。

だが、一年後のいま、三千代が滞在をしていた丹波屋に泊っている浪人が、

(自分の後を尾けていた……)

というのは、何らかの意味がふくまれているのではあるまいか……。

何といっても近藤は、三千代の夫・三浦芳之助を殺害しているのだ。

(もしやして、三千代どのは、夫の敵を討つ決意をして、江戸へ出てきたのではあるまいか？)

その浪人は、三千代を助けて、

(私を探しまわっていた……)

そのように、考えられぬこともない。

三千代は、印判師・駒井宗理宅で、どうやら落ちついて暮しているが、近くの丹波屋

へも出入りをしているし、その丹波屋へ泊っている浪人が近藤虎次郎を尾行していたとなれば、

（その浪人、三千代どのと関わり合いがあるにちがいない）

と、近藤が直感したのも、当然というべきであろう。

では、その浪人とは何者なのか……。

三千代の兄・山口彦太郎が彦根城下から離れていないことは、川村弥兵衛から聞いている。

また、彦太郎は妹の亡夫の敵討ちに出るような人柄ではないことを、近藤はよく承知していた。

（では、三浦家の親類の者が、三千代どのの助太刀をしようとしているのか……？）

それが、二十六、七の年齢だとすれば、どうも、こころ当りがない。

（すると……三浦家に奉公をしていた者ではあるまいか……）

そこへ、おもいおよんだとき、近藤虎次郎の脳裡へ浮かびあがったのは、まぎれもなく三浦家の若党・井上忠八の顔であった。

（では、あの井上か……）

手紙をつかんだまま、近藤は凝然《ぎようぜん》となった。

それにしても、この手紙の主《ぬし》が気にかかる。

近藤虎次郎の面上へ、隠し切れぬ苦悩の色が浮きあがっている。

近藤は手紙を折りたたみ、ふところへ入れた。

両腕を組み、目を閉じ、うごかなくなった。

部屋の中へ、雨の音がこもっている。

日暮れになって、近藤の部屋に灯りがつかぬのに気づいた小坊主が、

(おや。お出かけになったのか……)

そっと障子を開けて見て、

「あ、おいでなさいましたか」

「おお……」

夢からさめたように、近藤が、

「何ぞ、御用か?」

「いえ、あの、灯りがつきませぬでしたので……」

「あ……もう、いつの間にやら、暗うなった……」

「はい。そろそろ、夕餉の御膳をもってまいります」

小坊主は、行燈へ火を入れた。

部屋の中が明るくなったとき、小坊主へ向けた近藤虎次郎の顔色は平静にもどっている。

「先刻、おたのみした手紙、いささか、書き足したい。後で、もどしておいて下さい」

「承知いたしました」

翌朝。まだ、雨は熄《や》まなかった。

そこで、西光寺の小坊主が朝餉の膳を、近藤虎次郎の部屋へ運んで行ったとき、

「昨日のお手紙の書き足しは、おすみになりましたか。今日、井伊様の御屋敷へお届けしてまいります」

そういうと、近藤は、

「いや、いますこし、後《のち》のことでよろしい」

「雨が降っておりましても、かまいませぬが……」

「いや、まだ書き足しておらぬので……」

「さようでございましたか」

「いずれ、近いうちに、おたのみせねばならぬ」

「承知いたしました」

昼近くなって、近藤虎次郎は西光寺を出た。

雨は、依然として熄まぬ。

高下駄を履き、傘をさした近藤が、下白壁町の丹波屋の前へ立ったのは、それから半刻（一時間）ほど後のことになる。

それだけの時間を要したのは、近藤が尾行者の有無《うむ》をたしかめながら、まわり道をして歩んでいたからだ。

後を尾けて来る者は、

（一人もない）

との確信を得てから、近藤は丹波屋へ向ったのである。

（それにしても、何という不覚なことだ）

一昨日、二人の男に尾行されていたことを、少しも知らなかった自分に、近藤は舌打ちを洩らした。

これまでの剣の修行が、これでは何の役にも立たなかったことになる。

（いかぬ。私はまだ、何事にも未熟なのだ。未熟なればこそ、三浦芳之助を斬り殺してしまった……）

あのとき、先に斬りつけて来たのは、まさに三浦芳之助であった。

近藤虎次郎から見れば、芳之助の剣などは、

（いささかも、恐れることはない）

はずではなかったか。

相手の刀を叩き落し、取って押えることも不可能ではなかったといえよう。

それを抜き合わせて、一刀のもとに斬って殪してしまった。

そのときの自分は、

(たしかに、怒りを押え切れなかった……)

と、いえる。

では、その怒りとは、どのようなものであったのか。

あのときの非は、どこまでも三浦芳之助に在《あ》ったといってよい。

その非行に対する怒りも、むろんあったわけだが、だからといって、素手で、

(三浦を取って押えることはできたはず……)

なのである。

しかし、三浦芳之助に背後から斬りつけられ、これを躱《かわ》したとき、

「おのれ!!」

近藤虎次郎は、一瞬、我を忘れた。

(あのときの自分は、三千代どのを奪い取られたことへの恨み、憎しみが怒りとなって、
おもわず前後を忘れ、三浦を斬ったのではないか……)

いまも近藤の胸底《きようてい》に蟠《わだかま》っている事は、これである。

あのときも、自分のこれまでの修行が、

(水の泡となってしまった……)

と、近藤はおもったものだ。

なればこそ、彦根城下を脱出した。

井伊家が近藤虎次郎を追わなかったのは、近藤の立場がよくわかっていたからだ。

三浦芳之助の隠れた非行を重役たちが、わきまえていたからだ。

近藤は、江戸へ急ぐ途中で手紙を書き、これを上司へ届けさせている。

それによって、三浦芳之助斬殺の事情を調べた上で、

「むりもないことである」

と、藩庁は判断したのであった。

あの事件の前までは、三浦芳之助の非行も、上つ方の耳へ入っていなかったし、むしろ近藤虎次郎は、

(事が大きくならぬうちに……)

と案じ、密かに芳之助と会って解決の方法を一日も早く講じるようにと、すすめてもきた。

これは、三千代の身をおもってのことだ。

芳之助の非行が表沙汰になれば、当然、何も知らぬ三千代へまで事がおよぶ。

それをおもえばこそ、近藤は、早急の解決を芳之助にせまった。

ところが三浦芳之助は、一時しのぎに逃れようとするばかりで、自分の非行をみとめようとはせぬ。

いや、みとめてはいたのだろうが、これを男らしく解決しようとはしなかった。

あの夜の事件がなくて、三浦芳之助の非行が明るみに出たとしたら、三千代の悲嘆はさておき、近藤虎次郎は、何も彦根から逃げる必要はなかったのだ。

逃げるどころか、近藤は芳之助の非行を、

「摘発する……」

立場にあったはずだ。

芳之助も近藤に解決をせまられて、

「切羽つまっていた……」

と、いえぬこともない。

それだからこそ、あの夜、自分の秘密を知っている近藤へ斬ってかかったのであろう。

それにしても芳之助は、自分の腕で、たとえ背後からにせよ、

(近藤を斬れる……)

と、おもったのであろうか。

それならば、大変なおもいちがいといわねばなるまい。

あのころの三千代は、ひたすら、

(やさしい夫。たのもしい夫……)

と、おもっていたようだが、三浦芳之助という男には意外な欠陥があったのではない

か……。

芳之助の非行については、やがて、あきらかにするつもりだが、ともかくも、あの夜の二人の会話を聞いた者は他にいない。

芳之助が、近藤虎次郎の背後から襲いかかったのを見た者もいない。

それで近藤が一刀のもとに芳之助を斬って殪すという結果を生んでしまった。

もしも近藤虎次郎が、すぐさま彦根城下を脱出しなかったら、当然、藩庁の調べを受けねばならぬ。

そうなれば、三浦芳之助の非行が、明るみに出ることはいうをまたない。

そこで、近藤は逃げたともいえる。

三千代のためをおもってというのは、こじつけることになるやも知れぬが、

(自分に三浦が殺された……)

ということになれば、彼の非行が、もみ消される可能性もあった。

(三浦を斬った自分が逃げれば、自分が藩の御目付方にもあるまじき事をしてのけたことになる……)

からであった。

同時に、三浦芳之助が死んでしまえば、彼の非行も、しだいに消え去ることになるだろうと、近藤は考えたのである。

傘を深くさして雨をよけながら、近藤虎次郎は丹波屋の前を二度三度と、行きつもどりつした。それから、藍染川の向うの蕎麦屋・栄松庵《えいしょうあん》へ入った。

半刻ほどして、近藤は栄松庵から出て来て、傘の内から丹波屋を見まもった。

そのときである。

三千代が丹波屋から出て来た。

見送って出た女中のおとよと何か語り合ってから、三千代は傘をひろげ、歩み出している。

藍染川をへだてて近藤が、その後を尾けて行く。

三千代は、駒井宗理宅へ入って行った。

ちょうど、このとき……というよりは、この日も雨なので、井上忠八は外出《そとで》をやめ、丹波屋の自分の部屋に身を横たえていたのだ。

近藤虎次郎が西光寺に住み暮していることはつきとめた。

だから、何も急ぐことはない。

急ぐことはないが、肝心の三千代の行方がわからぬのでは、どうしようもないではないか。

たとえ、自分一人で、首尾よく近藤を討ち果すことができても、これは公認の敵討ちではない。

となれば、討ったその足で、井上は逃げねばならぬ。

逃げてしまえば、後に三千代に出会ったとき、

「私が討ち取りました」

そういっても、果して三千代はこれを信じてくれるか、どうか……。

東海道の茶店で、井上は三千代を手ごめにしようとしたのだ。

この失態をつぐなうには、何としても、三千代に助太刀をし、自分の誠意をみとめてもらわねばならぬ。

井上忠八は、自分が旧主人の敵を討つというよりも、

（三千代さまのために……）

近藤を討ちたいのだ。

こうした三千代への恋情は、三千代が三浦家へ嫁いで来て以来、知らぬうちに井上の胸の底へ少しずつ、沈澱《ちんでん》していたものであろう。

それが、あの朽ちかけた茶店へ雨宿りに入ったとき、あのようなかたちとなってあらわれた。

（ああ……どうしたらいいのだ）

井上は、頭を抱えた。

（三千代さまは、いったい、何処におられるのか……）

もしやすると、自分が二度目に江戸へ出て来るのと入れちがいに、三千代は彦根へ帰っているのやも知れぬ。

井上は、三千代が堀本伯道に救われ、共に東海道を下って行った姿を見ていない。

あのとき、二人の無頼浪人に痛めつけられ、三千代を捨てて必死に逃げた自分のあさましい姿をおもい浮かべると、いまでも忠八の総身《そうみ》に冷汗が滲《にじ》んでくる。

(もう、だめだ。三千代さまに合わせる顔がない)

あのときは、そうおもいつめ、袋井の宿場外れの地蔵堂の裏へ隠れ、雨が熄むのを待った。

浪人たちに腹や股間《こかん》を蹴りつけられた痛みも、なまなかのものではなかったのだ。

しかし、雨が熄むと、三千代のことが気にかかり、逃げるに逃げ切れなくなってきた。

そこで、まわり道をして茶店へ引き返した。

三千代の姿は消えている。

(ああ、やはり……)

あの獣のような二人の浪人に、三千代は、あの熟《う》れきった白い肌身を、

(嬲《なぶ》りつくされたのか……)

そうおもったとき、井上忠八は、

(おのれ。このままにはしておけぬ)

浪人どもへの憎悪が、むらむらとこみあげてきたのである。

(三千代さまなら、後になっても、きっと探し出せよう。それよりも先ず、あの二人を殺してやる!!)

そこで、東海道を引き返し、ついに天竜川のほとりで二人を見つけ出したのだ。

女ひとり江戸へ向ったのなら、追いつけもしようし、街道筋で尋ねても、

(すぐに、わかる)

と、井上はおもった。

ところが三千代は、堀本伯道に連れられて旅をつづけていたのだから、宿場や茶店で尋ねまわっても、わからぬのが当然なのである。

(もしやすると、三千代さまは、あの浪人どもから辱《はずか》しめを受けたので、自害をなされたのではないだろうか……)

あのとき以来、井上忠八を苦悩させているのは、この一事なのだ。

(ああ、もしやすると……もしやすると……)

雨音がこもる小部屋で、井上は頭を抱え、髪の毛を掻き毟《むし》るようにした。

そのころ……。

近藤虎次郎は、西光寺へ引き返しつつあった。

(三千代どのは、まだ、あの駒井家で暮しているらしい)

丹波屋から出て来たときの、三千代の明るい笑顔が、いまも近藤の脳裡へきざみこまれている。

翌一月十三日になっても、雨は、まだ熄まなかった。

この季節の江戸には、めずらしいことだ。

この日も、井上忠八は丹波屋へ引きこもったままである。

現代とちがって、江戸のような大都市でも、雨の日の外出は、まことに面倒なものであった。

電車も自動車もない時代だし、泥濘《ぬかるみ》のひどさといったら想像もつかぬほどで、よほどの用事がなければ外出をひかえてしまう。

近藤虎次郎も、西光寺の一間へ引きこもったままで、小坊主が、

「あの、井伊様御屋敷へのお使いは？」

と、尋ねたのへも、

「いや、まだ、よろしい」

こたえたのみだ。

小さな机を前に、近藤は坐り込んだまま、いつまでも沈思をつづけている。

昨日、丹波屋を出て来て、女中らしい女と語り合っていた三千代の笑顔は、それこそ、

(何の屈託もない……)

ように見えた。

丹波屋に泊っている男とちからを合わせ、近藤をつけ狙っているような感じは、まったくしなかったといってよい。

川村弥兵衛がいっていたように、三千代は駒井宗理家での平穏な明け暮れに満足しているようにおもえた。

だが、丹波屋の男が自分を尾けていたとしたら、

（それが何者かを、つきとめておかねばならぬ……）

ことは、いうをまたぬ。

そして、名も告げずに、そのことを手紙でよこした男は何者なのか。

あるいは、この手紙の男が、近藤を何かの謀略にかけているのやも知れぬ。

しかし、それにしては、あまりにも、

（筋道が合いすぎている……）

ではないか。

翌十四日。

まだ、雨は熄まぬ。

この日の朝、三千代は目ざめたとき、ふと、おもいついた。

（明日は十五日。彦根にいたころは小豆粥《あずきがゆ》をこしらえたものだけれど、江戸ではどうな

のであろうか……？）

正月十五日は「粥節句《かゆぜっく》」などと呼ばれ、小豆と餅が入った粥を炊いて神棚にそなえ、家族一同でこれを食べる。古くからの日本の行事になってしまっているが、下男の六造に尋ねてみると、前に老女中がいたころも、

「小豆粥なんぞ、したことはありませぬよ」

とのことであった。

駒井宗理は、六造から小豆粥のことを耳にしたらしく、

「明日は、小豆粥を炊いて下さるそうな」

夕餉のとき、給仕をしていた三千代へ、さもうれしげに、

「家内が亡くなってのち、久しく小豆粥をいたさなかった」

「ま、さようでございましたか」

「たのしみにしていますよ」

「いえ、あの、うまくできるかどうか、こころもとのうございます」

「お前さまに来ていただいたので、いかにも正月らしい正月を迎えることができ、みなみな、よろこんでいたところ、小豆粥とは、また、なつかしいことじゃ」

「おそれいりまする」

これほどに駒井宗理がよろこんでくれるかとおもうと、三千代もうれしかった。

しばらくして、台所で夕餉の後始末をしながら、

（小豆を切らしてしまったから、明日は買《こ》うてまいらねば……）

いそいそとおもいをめぐらしたりしているうち、屋根を打つ雨音が絶えているのに気づいた。

勝手口の戸を開けると、雨は熄んでいた。

「ま、よいあんばいに……」

おもわず呟いて空を仰ぐと、雲間に星が一つ見えた。

風が出て、雲が、しきりにうごいているらしい。

このとき、丹波屋の二階の小部屋でも、井上忠八が小窓から空を仰いでいる。

（ともかくも、明日は、西光寺を探って見よう）

このことであった。

そして、近藤虎次郎が、これより先も長期にわたって、西光寺へ滞留しているようならば、

（いま一度、彦根へおもむき、三千代さまの安否をたしかめよう）

と、おもいはじめている井上であった。

井上が、三千代の実家の山口家を訪ね、

「久しぶりに近くまでまいりました。三千代さまにお変りはございませぬか？」

知らぬ顔をして、そう尋ねたところで、だれ一人、不審を抱く者はないはずだ。

そして、西光寺の近藤虎次郎も、縁先へ出て夜空をながめつつ、

(明朝は、丹波屋にいる件《くだん》の男を、何としても突きとめねばならぬ)

そのための手段《てだて》を思案していた。

翌朝は、ぬぐったように晴れわたった。

長雨の後だけに、朝早くから、どの町筋にも人があふれるように歩いており、町の音が、いつもとちがう活気を帯びている。

近藤虎次郎は、まだ暗いうちに西光寺を出て、尾行する者がないのをたしかめると、迷うことなく下白壁町の丹波屋を目ざした。

いや、丹波屋を訪れたのではない。

丹波屋と藍染川をへだてた蕎麦屋の栄松庵へ行き、

「まことにすまぬが、実は今日、此処で人と待ち合わせをする約束がしてあるのだ。二階の座敷を貸してもらえぬか？」

と、申し入れた。

栄松庵は、夜遅くまで商売をしているかわりに、開店は四ツ半(午前十一時)ごろになる。

しかし、近藤は以前から顔なじみの客だし、浪人ながら折目正しく、

「ちかごろ、まことにめずらしいお人だ」

栄松庵の亭主も奉公人たちも、近藤に好意をもっていたし、ちかごろは顔を見せなくなったので、

「病気でもなすっているのじゃないか……？」

などと、案じていてくれたようだ。

「さようでございますか。ようございますとも。お使い下さいまし」

「すまぬな。まだ、店も開けておらぬのに……」

「なあに、同じ事でございますよ」

「酒を一つ、たのむ。あとは何もいらぬ」

「かしこまりました」

そこで近藤は、二階の小座敷へあがった。

小さな店なので、小座敷は、これ一つであった。

この座敷の窓を開けると、藍染川の向うに、丹波屋の正面を見ることができる。

近藤は窓際へ坐って、障子を少し引き開けた。

雨あがりの、まぶしいばかりの朝の日ざしが、川水に光っている。

小女が酒と醬油豆《しょうゆまめ》を盆に乗せ、運んできてくれた。

茹《ゆ》でた大豆《だいず》へ辛子《からし》醬油をからませ、刻《きざ》み葱《ねぎ》をふりかけたものである。

近藤は、これが大好物で、栄松庵へやって来て、醬油豆で酒をのみはじめると、われながら、

(際限もなくなる……)

のだが、いくらのんでも足許が乱れるような近藤虎次郎ではなかった。

近藤が、二本目の酒へかかったときだ。

丹波屋から、井上忠八があらわれた。

ときに五ツ(午前八時)ごろであったろう。

盃を口にふくみながらも、視線は丹波屋の門口から離さなかった近藤虎次郎が、

「あ……」

おもわず、低い声をあげた。

(やはり、井上……まぎれもなく、三浦家の若党だった井上忠八に相違ない)

すばやく障子の蔭へ身を引いて盃を置き、近藤は用意の金包みを出して階下へ行き、

「どうやら、見えぬようだ。もし、私を訪ねて来る者がいたら、約束の時刻が過ぎたので帰ったと、申しつたえてもらいたい。これは、まことに些少《さしょう》だが……」

と、金包みを、呆気にとられている亭主へわたし、塗笠をかぶって栄松庵の外へ出た。

井上忠八も編笠をかぶり、大通りへ出ると、筋違御門《すじかいごもん》の方へ急ぎ足で向っている。

近藤は、鍋町《なべちょう》のあたりまで見え隠れに井上を尾行したが、

（おそらく、西光寺へ行き、自分のことを探るつもりであろう）

と、看て取った。

こちらは、井上が丹波屋に滞留していることがわかったのだから、西光寺を探りに行く井上の後を尾けてみても仕方がない。

近藤は、身を返して、ぼんやりと今川橋をわたった。

（ああ……やはり、三千代どのは、自分を夫の敵とねらっているらしい。まぎれもなく井上忠八は、その助太刀を買って出たのだ）

井上などは、すこしも恐ろしくない近藤虎次郎であったが、三千代が、まだ自分へ深い怨みをかけているとおもうと、それが辛かった。さびしかった。

（こうなったら、自分は、どうしたらよいのか……）

三千代の敵討ちは公許のものではない。

だから近藤は、逃げまわる必要もないといってよい。

しかし、三千代が井上と共に、自分へ立ち向って来たときのことを、いまから考えておかねばならぬ。

いまは、江戸にいようがいまいが、

（同じことだ）

と、近藤はおもった。

だが、小梅の木村道場を自分が訪ねたことも、井上は突きとめているらしい。

(それにしても、私と井上の、その後を尾け、私に手紙をよこした男は何者なのか?)

いまの近藤虎次郎にとっては、その男のほうが井上よりも気味が悪いといってよい。

先日から、いろいろと考えてみたのだが、おもいあたる者はいなかった。

それはそうだろう。

青木市之助は、あの日、はじめて近藤を見たのである。

(あの男は何故、私の後を尾けるのだろうか?)

それがわからぬ。

(何故か……何故なのか?)

歩みつつ、おもいをめぐらしているうちに、

(もしや……?)

ふと、おもった。

(あの男は、もしやして、私ではなく井上忠八の後を尾けていたのではないか。そうして、私を見かけた……)

見かけて井上の尾行を、教えてくれた。

そうなると、これは、

(私の手で、井上を成敗《せいばい》させたかったのではあるまいか……?)

このことであった。

(そうだ。今日は、井上の後を私が尾けてみればよかった)

いまからでも遅くはない。

井上は、おそらく西光寺へ向ったにちがいない。

これから、密かに西光寺の近くまで引き返し、井上の姿を見かけたら、これを尾行する。

そうすれば、また、あの男があらわれて、井上を尾行するやも知れぬ。

それを、

(いかと見さだめたい)

と、近藤は踵《きびす》を返しかけた。

もしやすると、あの男は、近藤が蕎麦屋の二階から見張っていたように、何処かで丹波屋から出て来る井上忠八を待ちかまえていたのではないか……。

そうだとすると、井上の後を鍋町のあたりまで尾行した自分の姿も、

(あの男に見られているやも知れぬ……)

のである。

近藤虎次郎は立ちどまり、塗笠の間から、あたりを見まわした。

折しも近藤は、永代橋の西詰へさしかかっていた。

思案をしながら歩むうち、いつの間にか此処まで来てしまったのだ。

長雨の後の、晴れあがった午前の日ざしは、まるで一度に春が来たような暖かさであった。

橋上にも道にも、人があふれ、行き交《か》っていた。

ともかくも永代橋を東へ渡った近藤虎次郎は、橋の袂《たもと》を左へ行き、佐賀町の翁屋という蕎麦屋へ入り、腹ごしらえをすませた。

それから近藤は、深川の外れの〔石置場〕にある無頼浪人どもの荒屋を見に行った。

これはやはり、

(三千代どのの後を尾けていた、怪しい浪人……)

のことが気にかかっていたのだ。

〔十万坪〕の埋立地を吹きわたってくる汐風は、さすがに、まだ冷たい。

近藤が、然《さ》りげもなく荒屋へ近づいて行く。

堀川沿いの道を、網を肩にした漁師が、近藤のほうを見返りながら去って行った。

荒屋の中には、だれもいない。

しかし、だれかが住んでいることはあきらかだ。

茶わんもあれば、食べ残しの飯が入った釜もある。土瓶も水桶もあった。

(彼奴《きやっ》め。また此処へ、もどって来ているのか……)

その〔彼奴〕が、西光寺にいる自分へ、井上忠八の尾行を知らせてよこした青木市之助だとは、知るよしもない。

「ごめん……ごめん……」

声をかけてみて返事がないので、近藤は戸を引き開け、中へ入った。

脂くさい男の体臭が、せまい荒屋の中にこびりついている。

土間から部屋へあがった近藤虎次郎は、子細にあたりを見まわした。

少くとも二人以上の男が住みついているとみてよい。

(彼奴めを一人残し、あとの無頼どもは、いずれも八丁堤で斬って捨てたはずだが……こうしてみると、また彼奴めは、新しい仲間を引き入れ、よからぬ事をたくらんでいるのではあるまいか……?)

何しろ、あの夜、彼らは刃《やいば》を抜きつれて、駒井宗理宅へ押し込もうとしていたのだ。

破れ雨戸を、風が叩いている。

近藤は、低く舌打ちをした。

そのとき、ぬっと土間へ入って来た男が、

「おい、何をしている?」

と、声をかけてきた。

垢じみた浪人である。近藤に見おぼえはなかった。

「何をしていると聞いているのだ」

近藤は、こたえぬ。

「おのれ。土足であがり込むとは何事だ」

叫んだ浪人が、いきなり大刀の柄へ手をかけた。

「この家《や》には、おぬし一人か？」

これが、近藤虎次郎のこたえであった。

こたえというよりは、詰問に近い。

「何だと……」

浪人の怒りは、頂点に達したらしい。

「出ろ!!」

と、叫んだ。

「外へ出ろといわれるのか？」

「出ろ、出ろ!!」

浪人は、ぎらりと大刀を抜きはらった。

近藤の両眼が、殺気を帯びてきた。

三千代のことや井上忠八のこと、それに得体の知れぬ男からの密告の手紙などを、どのように処理したらよいのか、おもい迷っていた近藤だけに、この浪人の挑戦がむらむらと怒りをよんだ。

(こやつも、いずれ悪事をして、世を渡っているにちがいない)

それもある。

「来い。出て来い!!」

喚《わめ》きつつ、外へ飛び出した浪人の後から、近藤は土間へ下りた。

彼らのような浪人が、いまの江戸には無数にいる。

幕府も、その始末に手をこまぬいていた。

彼らとて、さまざまな事情のもとに浪人の身となったのであろうし、中には、

(私と同じような事情《わけ》あって、主家《しゅか》をはなれた者もいるのであろう)

かねがね、そうおもってはいた近藤だが、いまここで立ち去ろうとしても、相手が承知すまい。

土間から外へ、一歩、足を踏み出した近藤虎次郎へ、戸口に刀を抜いて身を寄せていた別の浪人が、

「たあっ!!」

いきなり、斬りつけてきた。

だが、一瞬早い。

近藤は胸をそらすようにして身を引き、浪人の打ち込みを躱すと同時に大刀を抜きは

らいざま、外へ飛び出した。

「こいつめ。叩っ斬ってしまえ!!」

「怪しい野郎だ」

「斬れ、斬れ」

「よし」

二人の浪人は声をかけ合い、左右から、近藤へ迫って来る。

近藤は、舌打ちをした。

風に雲がうごき、日が翳りはじめている。

左肩を引いて誘いの隙を見せた近藤へ、得たりとばかりに、左手の浪人が、

「やあっ!!」

猛然と、刀を叩きつけてきた。

い、くるりと近藤の躰が廻り、刃《やいば》が閃《ひら》めいたとおもったら、その浪人は絶叫《ぜっきょう》をあげ、板戸でも倒したように転倒した。

「うぬ!!」

先に道へ飛び出していた浪人が、獣《けもの》のように咆哮《ほうこう》し、近藤虎次郎へ躍りかかって来た。

これも、ただの一太刀。

近藤が、斜め左へ身を引いたときには、浪人の右の頸筋《くびすじ》の急所から血けむりがあがっ

て、

「あ、あっ……」

のめって行き、振り向いた浪人は、近藤のあまりの早わざが、とても信じられぬというような顔つきで口を大きく開け、そのまま倒れ伏した。

二人を斬って殪《たお》した近藤虎次郎は、懐紙《かいし》で刀身をぬぐい、鞘《さや》へおさめつつ、あたりに目をくばった。

だれにも、見られてはいないらしい。

そのまま、すぐに立ち去るかと見えた近藤は、二人の死体を荒屋の中へ引き摺り込んだ。

それから、台所の柱に掛けてある擦り切れた帚木《ほうき》を手にして外へ出ると、道にこぼれていた浪人たちの血汐へ土をかけた。

日が、かたむきはじめている。

風は依然として強いけれども、どうやら雨にはならぬようだ。

近藤は注意ぶかく、あたりを見まわしてから、ひとりうなずき、荒屋の中へ入り、戸を閉めた。

土間の片隅へ寄せた二つの死体へ筵をかぶせてから、近藤は一間きりの部屋へあがった。

青木市之助が、この荒屋へ帰って来るのを待つつもりらしい。

(八丁堤で取り逃した浪人は、また、この家へもどって来ているに相違ない。なればこそ、新しい二人の仲間がいたのだ)

このことであった。

そのころ……。

青木市之助は、根津権現《ねづごんげん》・門前の遊所《ゆうしょ》を出て、不忍池《しのばずのいけ》のほとりを、ゆっくりと歩んでいる。

あれから、今日まで、大洲屋《おおす》という妓楼《ぎろう》に泊り込み、辻斬りで得た金が無くなるまで、酒をのみつづけ、妓《おんな》を抱きつづけていたのである。

(雨降りつづきの毎日を、あんなにして送るのも、悪くはない)

胸もとからただよって来る白粉のにおいを嗅ぎながら、

(さて、ふところがさびしくなってきたぞ。今夜も、うまい鴨が見つかるといいのだが……)

八丁堤以来、青木市之助は、ほとんど辻斬りで金を得ている。

あれから何人、殺害したことであろう。

人を殺すことに、青木は麻痺してしまいつつあった。

(これほど、わけのねえものはない)

このとき青木は、近藤や井上のことを、すっかり忘れてしまっている。

青木は、上野広小路から山下の雑踏を通りぬけ、

（いささか、腹が減ったような……）

ふところを探ると、まだ、いくらかは金も残っていた。

行く先の見当もつかぬままに歩みながら、知らず知らず青木市之助は、阿部川町の西光寺へ近づきつつあった。

しかし、まだ、おもい出してはいない。

根津で泊り込んだ妓楼の下ばたらきの男へ、近藤あてに書いた手紙を持たせてやったのも忘れている。

車坂の通りへ出たとき、青木は〔小玉屋《こだまや》〕という蕎麦屋を見出し、ふらりと入って、酒を命じた。

そのころ、車坂から程近い阿部川町の西光寺の境内へ、井上忠八が足を踏み入れていた。

今朝から井上は、西光寺の周辺を、それとなく歩きまわりつつ、近藤虎次郎の身辺を探ろうとしたが、なかなか、おもうにまかせなかった。

西光寺の近くの町家の、たとえば小さな煙草店とか小間物屋などに入り、わずかな買物をしたりして、聞き込みをしたが、西光寺の和尚や僧たちのことを知ってはいても、

近藤については、

「そういえば、お侍さんが一人、いなさるようで……」

と、それほどのことしかわからぬのである。

たまりかねて、井上忠八が境内へ入ったとき、

「もし。何ぞ、御用でございましょうか？」

門の内側にいた小坊主が、声をかけてよこした。

小坊主は、そのあたりを掃き清めていたらしく、帚木を手にしている。

「あ……」

井上は、それと知らずに門内へ入ったものだから、おどろいたように小坊主を見たが、

「あの、こちらは西光寺で……？」

わかりきっていることを、口にのぼせた。

「さようでございます。何ぞ、御用で？」

「いや、別に用事ではありませぬが……」

いいさした井上忠八が、苦しまぎれに、

「こちらに、近藤虎次郎殿と申される人《じん》が、住んでおられましょうか？」

口に出してから、

（しまった。早まったか……）

と、悔いた。

「はい、近藤様なれば、当寺においでなされます」

小坊主のこたえには、澱《よど》みもなく、

「近藤様は、ただいま、他行《たぎょう》中でございますが……」

「さようか……」

井上は、ほっとした。

「あなたさまは、どちらの御方でございましょうか？」

小坊主が、無邪気に問いかけてきた。

「いささか、存じあげている者だが、この辺りを通りかかりましたので……」

と、井上忠八は口ごもりつつ、

「一度だけ、お目にかかっただけゆえ、近藤殿は、もはや、お忘れやも知れぬ」

「御用事を、うけたまわっておきましょうか？」

「いや、別に、あらたまった用事とてありませぬ。では、これにて……」

門を出ようとする井上へ、小坊主が、

「お名前をうけたまわり、近藤様へ、おつたえ申します」

「いや、おかまい下されるな。いずれ、また……」

逃げるように門を出て、立ち去る井上忠八を見送り、小坊主が不審げにくびをかしげた。

上野の車坂と浅草をむすぶ新寺町通りへ出た井上は、

（もしやすると近藤は、先日の、本所の剣術の道場へ出向いたのやも知れぬ）

いったん、浅草の方へ足を向けかけたが、

（行ってみたところで、今日は、どうしようもない）

そしてまた、井上は、にわかに空腹をおぼえた。

上野の方へ歩むうち、井上もまた、蕎麦屋の小玉屋へ目をつけ、

（そうだ、蕎麦でも……）

ちからのない足取りで、小玉屋へ入って行ったのである。

日暮れも間近くなり、蕎麦屋の中は立て込んでいる。

このとき、無頼浪人の青木市之助は、まだ小玉屋にいて、酒をのんでいた。

青木は、戸口に近い入れ込みに坐っていたのだが、戸障子《としょうじ》が開いたので、ひょいと見ると、井上が入って来たではないか。

（あっ……）

はっとして、青木は顔を背《そむ》けた。

井上は青木に気づかぬまま、奥のほうへ身を移して行く。

青木は、そこにいた小女へ勘定をはらい、そそくさと外へ飛び出した。

（やつめ、阿部川町の寺を見張りに来やがったのか……）

通りを南へ突切り、小さな武家屋敷が密集する一角の細道へ身を潜めた青木市之助は、あたりへ目を配った。

井上は追いかけて来ない。

そして、近藤虎次郎が井上の後を尾けて来た様子もなかった。

（おれが届けさせた手紙を、西光寺の浪人は、たしかに読んだのだろうか……？）

それにしても、井上忠八の顔を見るたびに、

（こうして、逃げているのではたまらぬ）

と、青木はおもった。

井上忠八は、夕闇が濃くなってきてから蕎麦屋を出た。

かなり長い間、蕎麦屋の中にいたことになる。

井上は、酒をのんでいたのだ。

のまずには、いられなかったのであろうか……。

外へ出た井上は、何やら定まらぬ足取りで、上野山下から広小路へあらわれた。

日暮れになってから風も弱まり、不忍池の彼方の空に、血を掃《は》いたような残照《ざんしょう》があった。

車坂から広小路まで、井上は鈍《のろ》い歩みをつづけ、平常の三倍もの時間をかけていたろ

う。

自分に合った酒量を、はるかに越えて、今日の井上はのんだ。のみすぎたようだ。

にぎやかな明るい灯火が、広小路の盛り場にともる中を、ふらふらと井上忠八は歩む。

広小路から御成道《おなりみち》の大通りを、井上は南へ行く。

突き当りが筋違御門で、これを過ぎると、今川橋へ向う通りになるわけだから、いま、井上は旅宿の丹波屋へもどろうとしているとみてよい。

ちょうど、そのころ……。

駒井宗理宅の台所で、三千代が小豆粥の仕度にかかっていると、

「もし……もし……」

勝手口の戸が開いて、丹波屋の女中およよの顔がのぞいた。

「あれ、おとよさん……」

「三千代さま。源蔵さんが見えましたよ」

「えっ……そ、それは、ほんとうですか？」

「何でも通りがかりに、ちょいと立ち寄ったとかで、いま、うちの旦那とはなしていますけれど、すぐにまた何処かへ行ってしまうようなので……」

「は、はい」

「もしも御用がおあんなさるのなら、早いうちに……」

「はい……はい……」

「では、これで……」

おとよの顔が戸口の向うへ消え、戸が閉まった。

三千代は、下男の六造をよんだ。

「六造さん。ちょいと、あの、急用ができて、丹波屋さんまで行ってまいります」

「おや、そうかね」

と、六造は別に怪しむわけでもない。

「すぐに……すぐにもどって来ますから、この竈《かまど》の火を見ていて下さい」

「へい。ようござんすとも」

「では、たのみましたよ」

「行っておいでなせえ」

おとよは、三千代が源蔵のあらわれるのを待ちかねていたことを、源蔵に告げなかったらしい。

もし、告げたりすると、尚更に源蔵が帰りを急ぐのではないかとおもったからだ。

つまり源蔵は、

（何やら、三千代さまに関わり合いたくない……）

ようなところが見える。

丹波屋の主人・伊兵衛の居間へ、おとよが茶菓を運んで行ったとき、ちょうど伊兵衛が三千代のことを源蔵に語っていたらしく、

「どうやら、駒井宗理様のところで、落ちついているようだよ」

と、伊兵衛がいったのへ、

「さようですか。まったく、もう、女なぞという生き物は面倒なものですからねえ」

源蔵は舌打ちをしかねないほどの、苦にがしい口調でこたえ、

「まことにどうも、とんだ御厄介をおかけ申しました」

「いや、なに……」

そのとき、源蔵がこちらをじろりと見たので、おとよはすぐに引き下った。

そうした源蔵の様子を見ただけでも、

(源蔵さんは、三千代さまに会うことを避けていなさる……)

そのようにおもえてならぬ。

そこで、源蔵には黙って、駒井家へ駆けつけ、三千代へ知らせたのであった。

源蔵は、どこかの旅から帰って来たばかりらしく、伊兵衛の居間へ入ったときも、脚絆《きゃはん》は解《と》らなかった。

これは、すぐまた何処かへ去るつもりだからなのであろう。

主人の伊兵衛と源蔵とが、いったいどのような知り合いなのか、おとよには見当もつ

かぬ。

三千代が駆けつけたとき、源蔵は、まだ伊兵衛の居間にいた。

丹波屋の勝手口から入って来た三千代は、待ちかまえていたおとよが、

「さあ、早く……」

ささやくや、三千代の手を引くようにして廊下へ出た。

居間で、

「それじゃあ、旦那。今日はこれで、ごめんをこうむります」

という源蔵の声が、廊下へ洩れてきた。

すかさず、おとよが障子を開け、

「いま、ちょうど、三千代さまがお勝手へお見えになりましたので……」

と、いった。

「それは、ちょうどよかった」

と、丹波屋伊兵衛。

「まあ、お入りなさいまし」

伊兵衛は愛想よく三千代を居間へ迎え入れたが、源蔵の顔には、あきらかに困惑の表情が浮かんでいる。

「お久しゅうございました」

「いや、どうも。お前さまも、お達者だそうで、何よりでございますね」

こたえた源蔵の声が、いかにもそらぞらしい。

しかし、いまの三千代は、そのようなことを気にかける余裕《ゆとり》はなかったといってよい。

「おかげさまにて、こちらの御主人様のお口ぞえで、あの……」

いいかける三千代の言葉をさえぎって、源蔵が、

「そうでございますってね」

「その節は、まことに、ありがとう存じました」

「いえ、なに……」

煙草入れを帯へ差し込み、あわただしく腰を浮かした源蔵が、

「ちょいと急ぎますんでね。これで、ごめんを……」

「お待ち下さいませ」

三千代は、もう、そこに丹波屋伊兵衛がいても気にかからなくなっている。

いつの間にか、おとよは廊下を去っていた。

「何か御用で？」

仕方なく、さも迷惑そうに、源蔵が坐り直した。

「私は、ちょいと……」

気をきかせた丹波屋伊兵衛が立ちあがるのへ、源蔵が、うったえるように、

「旦那……」

「まあ、まあ、そう急がなくともいいじゃあないか」

こういって、伊兵衛が居間から出て行った。

あきらかに今度は、源蔵が舌打ちを洩らした。

「お急ぎのところを、お引きとめいたし、申しわけもございませぬ」

「いったい、どんな御用なんですね？」

「堀本伯道様は、いま、何処《いずこ》におられましょうか？」

「さあね。あれからこっち、私は一度もお目にかかっていませんのでね」

源蔵のこたえは、明快をきわめていた。

ちょうど、そのころ……。

丹波屋へもどりつつある井上忠八は、鍋町と鍛冶町《かじちよう》二丁目の境の道を左へ曲った。

ここからはもう、丹波屋は目と鼻の先といってよい。

すでに、夜に入っている。

このあたりは商家が多いので、通行の人びとの提灯が道のあちこちに揺れうごいていた。

三千代と源蔵との会話は、それ以上、すすまなかった。

何しろ、(取りつく島もない……)ほどに、源蔵は、うちとけてくれなかった。

つまりは、堀本伯道先生に、もしも、お目にかかるときがあれば、きっと、お前さまのことをおつたえ申しましょうよ」

という源蔵の言葉だけで、三千代は満足するよりほかに、仕方もなかったのである。

「ぜひにも、堀本様へお目にかかり、あの折の御礼を申しあげたく……」

三千代は、熱心にいった。

口先だけではないことを、源蔵に知ってもらいたかった。

だが、それに対して源蔵は、

「よくわかりました」

かたちだけ、うなずいてくれたが、

「ですが、伯道先生はおいそがしい方でね。もう、あのときのことなぞ、忘れていなさいましょうよ。ですから、お前さまも、そんなに気にかけるにはおよびません」

すげなくいって、

「私だって、もう忘れていたほどでござんすからね」

「堀本様の御家族の方々は、どちらにお住いなのでございましょう。それを教えていただければ、そちらへ、私から御手紙をさしあげたく存じますが……」

「いや、それは私も知りませんよ。伯道先生は、いまのところ独身《ひとりみ》でおいでなさるし、これといって定まったお住居もないと聞いたことがございます」

いうや、今度は二度と坐るものかという顔つきで立ちあがった源蔵が、

「それでは、ごめんを……」

さっと、廊下へ出てしまった。

これでは三千代も、もはや、あきらめざるを得ない。

手早く草鞋《わらじ》をはきながら、源蔵が、おとよに、

「おい、おとよさん。あのお人にそういっておくれ。私は女が大きらいだとね」

いい捨てて、道中合羽《どうちゅうがっぱ》と菅笠を手にして、見送って出た丹波屋伊兵衛へ、

「旦那。それじゃあ、お達者でいて下さいまし」

「うむ。お前さんも、な……」

「へい」

源蔵は、おとよが火を入れて出した提灯を手に、外へ出て行き、丹波屋の前を鍛冶町一丁目の方へ去った。

このとき、井上忠八は、鍛冶町二丁目の裏通りへさしかかっている。

そこは表通りとはちがい、灯火も暗かったけれども、まだ宵ノ口のことで、人通りがなかったわけではない。

裏道の突き当りが藍染川で、左へ曲れば丹波屋の前へ出る。

相変らず、定まらぬ足取りの井上忠八が、下白壁町の四つ辻へ出た瞬間であった。

背後から、音もなく接近して来た黒い影が、いきなり短刀を井上の背中の急所へ、ちからまかせに突き通した。

こやつ、無頼浪人の青木市之助である。

「あっ……」

驚愕と同時に、全身を焼火箸《やけひばし》で貫かれたような衝撃を受け、振り向こうとした井上の躰を突き飛ばし、

「ざまあ見やがれ」

低い声を投げた青木浪人は、手ぬぐいの頬かぶりのまま、身をひるがえして四つ辻を右へ折れ、一散に大通りを突っ切り、姿を消してしまった。

あまりにも慣れきった手ぎわであって、道行く人も、はじめは何が起ったのか、よくわからなかったろう。

凄まじい唸り声を発しつつ、よろよろと二、三歩を歩んだ井上忠八が、

「むう……」

たまりかねて、道に転倒したのを見たとき、通行の人びとは、はじめて異変を知ったといってよい。

すでに、そのとき、青木市之助は大通りを西へ駆けわたってしまっていた。

青木は、悪事をはたらいているだけに油断がなく、大小の刀のほかに白鞘の短刀をふところへ入れており、入浴するときもこれをはなさぬ。

人通りのある道で、人の目にふれず、井上を一瞬の間に殺すためには、この短刀を使うのが、

(いちばん、いい)

と、おもったのだ。

そして、井上の背中へ突き入れた短刀を引き抜こうとはせず、そのまま手ばなして逃げたのである。

現代のように科学捜査が発達していなかった時代だから、短刀の柄の指紋などは問題にならぬ。

(いい気味だ。天竜川の仕返しをしてやったぞ。これで成仏《じょうぶつ》をしろよ)

と、青木は、天竜川のほとりで井上に斬殺された仲間の浪人へ、胸の内でよびかけて、

(これで、おれも安心をして道を歩けるというものだ。あいつに後を尾けられていた西光寺の浪人はどうしたろうな。ふん。そんなことは、どうでもいい)

早くも青木は、竪大工町から銀町《しろがねちょう》へ、一気に駆けぬけてしまい、

（もう安心だ）

頬かぶりを取って、ふところへ入れ、ゆっくりと歩み出した。

一方、道に倒れた井上忠八は、

「あっ、背中に短刀が突き立っている……」

「もし、どうなさいました」

「しっかりしなせえ」

通行の男たちが走り寄って抱き起すと、井上が、

「た、たんばや へ……」

「たんば……そこの宿屋の丹波屋ですかい？」

「うむ……」

「丹波屋へ泊っていなさる……」

「う……」

ともかくも路上では何もできない。

「おい、だれか先へ行って、丹波屋へ知らせろ」

と、職人らしい男が大声にいった。

「よし」

二人ほど、走り去った後から、井上の躰を抱えた二人が、

「短刀を……」

「いや、うっかり引き抜いちゃあ、かえって危ねえ」

「そ、そうか……」

このとき、おとよと丹波屋伊兵衛が、三千代を見送って丹波屋の店先へ出て、門口《かどぐち》へ出て来た。

勝手口にあった三千代の履物を、おとよがおもてへまわしておいてくれたのである。

そこへ、

「丹波屋さん、大変だ」

「ここへ泊っていなさる侍が、すぐそこで殺されかけましたぜ」

駆け込んで来た二人の向うから、井上を抱えた二人がやって来る。

伊兵衛は、おどろき、三千代はおとよと顔を見合わせた。

「あっ……」

目の前へ近寄って来た井上忠八を見て、三千代が悲鳴に近い叫び声をあげた。

「い、井上ではないか……」

あのときの井上の乱暴は、計画的なものではなく、男の欲情を押えかねてのことだったと、いまは三千代も納得がいっている。

いや欲情のみではない。井上は、以前から密《ひそ》かに自分へ思慕《しぼ》のおもいを抱いていたようにも感じられる。

三千代は、ためらうことなく、井上が丹波屋へ運び込まれるのへ、つきそいながら、

「し、しっかりなされ」

「み、三千代さま……」

気づいた井上も、愕然となった。

しかし、井上忠八は、いまや息が絶えようとしていた。

「み、三千代……」

凄《すさ》まじい形相《ぎょうそう》となった井上が、三千代の襟元《えりもと》を両手に摑みしめ、

「か、かたき……」

「えっ……」

「う、うう……」

「これ、どうなされた。し、しっかりしておくれ」

「かたき……近藤、虎次郎が……」

「何というた。あの、近藤が……？」

「阿部川町の、さ、西光寺という寺に……」

と、ここまで告げたのが、井上にとっては精一杯のところだったのであろう。

井上忠八の頭が、顔が、がっくりと三千代の胸へくずれ込んだ。

「これ……いま、すぐに手当を……しっかりしておくれ、井上……」

丹波屋伊兵衛が近寄って来て、井上の顔をあらため、

「これはもう、息絶えている……」

と、つぶやき、

「このお人は、あなたさまの……？」

「以前、彦根の屋敷に奉公をいたしておりました者にて……」

いううちにも、三千代の両眼から、熱いものがふきこぼれてきた。

「さようで……これは、すこしも知りませぬでした」

伊兵衛は、おとよと顔を見合わせ、

「このお人は、去年の霜月《しもつき》のころから、ずっとうちに滞在《たいざい》をしておられましたので
……」

「えっ……すりゃ、まことでございますのか」

「はい」

三千代は、二重のおどろきに言葉も出ぬ。

「いや、どうも……物事を知らぬと恐ろしいことになるものだ。このお人が泊りつづけているうちにも、あなたさまは何度も、うちへ見えましたのになあ」

丹波屋伊兵衛は、憮然《ぶぜん》となったが、奉公人に指図をして、井上忠八の遺体を、自分の居間へ運ばせた。

そのとき、近くの町医者が駆けつけて来てくれたが、もはや、どうにもなるものではない。

いまは三千代も、あのときの井上の乱暴を咎める気にはなれなくなってしまった。

丹波屋へ滞在して、井上は、夫の敵・近藤虎次郎の行方を探しまわっていてくれたらしい。

そして、近藤は、阿部川町の西光寺にいるというのだ。

ここに至って三千代は、近藤への憎しみが、むらむらと胸にこみあげてきた。

井上忠八は、路上で突然、青木浪人に襲われたことについて、何と感じていたろう。

井上が息絶えたいまとなっては、それもわからぬ。

夜の路上の背後から、頬かぶりの青木に短刀を突き刺されて、相手はたちまちに逃走してしまったのだから、おそらく青木の仕わざだとはおもっていなかったろう。

いずれにせよ、この自分の災難を語るだけの時間が、井上にはなかった。

三千代を見て、おどろくのと同時に、

(何としても、近藤の居所だけは、三千代さまへお知らせを……)

と井上は、死に抱きすくめられつつ、最後のちからを振りしぼったのだ。

ところが、何も知らぬ三千代は、

（井上は、近藤虎次郎に斬り殺された……）

そう、おもいこんでしまった。

これまた、その場のなりゆきからして、むりもないことといわねばなるまい。

（近藤虎次郎は、井上に見つけられたのを知り、返り討ちにした……）

おもいきわめた途端に、

（ああ……かほどまでに、井上は夫の敵のことを忘れずにいてくれたのか。一命をかけて、私のために、ちからをつくしてくれたのか……）

約一年の人妻としての暮しがあったとはいえ、近江の彦根の城下に生まれ育ったままの、世間知らずの自分が井上と共に東海道を下って来て、

（あの夜な夜なに、同じ部屋に井上と共に泊りつづけたのだから……）

若い井上忠八の欲情に火がついたのも、当然といってよいのだ。

丹波屋伊兵衛や番頭、女中たちの言葉によれば、井上は雨でも降らぬかぎり、朝から夜まで外へ出ていたという。

そうした苦労が実って、ついに近藤を見つけ出した。

（そして、近藤に斬られた……）

のである。

（そうしたことは、すこしも知らず、私は駒井宗理様の許《もと》で、ぬくぬくと日を送っていた……）

三千代は、井上の遺体に恥じ入るばかりであった。

しかも、折にふれて三千代は、堀本伯道があらわれる妖《あや》しい夢に酔ってもいた。

（私は、何という女なのであろう）

自分に呆れ果てるのと同時に、

（何としても、近藤を討たねば……いや、到底、討つことはかなわぬけれど、せめて……せめて、近藤の手にかかって死ねれば、亡き夫や井上への申しわけも立つ）

三千代は、決意をかためた。

（下巻につづく）

文春文庫

旅《たび》路《じ》（上）

定価はカバーに表示してあります

2021年1月10日　新装版第1刷
2023年11月25日　第5刷

著　者　池《いけ》波《なみ》正《しょう》太《た》郎《ろう》
発行者　大沼貴之
発行所　株式会社 文藝春秋

東京都千代田区紀尾井町 3-23　〒102-8008
TEL 03・3265・1211(代)
文藝春秋ホームページ　http://www.bunshun.co.jp

落丁、乱丁本は、お手数ですが小社製作部宛お送り下さい。送料小社負担でお取替致します。

印刷・TOPPAN　製本・加藤製本

Printed in Japan
ISBN978-4-16-791631-2

（　）内は解説者。品切の節はご容赦下さい。

池波正太郎 編
鬼平犯科帳の世界
著者自身が責任編集して話題を呼んだオール讀物臨時増刊号「鬼平犯科帳の世界」を再編集して文庫化した、決定版〝鬼平事典〟……。これ一冊で鬼平に関するすべてがわかる。
い-4-43

池波正太郎
蝶の戦記（上下）
白いなめらかな肌を許しながらも、忍者の道のきびしさに生きてゆく於蝶。川中島から姉川合戦に至る戦国の世を、上杉謙信のために命を賭け、燃え上る恋に身をやく女忍者の大活躍。
い-4-76

池波正太郎
火の国の城（上下）
関ヶ原の戦いに死んだと思われていた忍者、丹波大介は雌伏五年、傷ついた青春の血を再びたぎらせる。家康の魔手から加藤清正を守る大介と女忍び於蝶の大活躍。（佐藤隆介）
い-4-78

池波正太郎
忍びの風（全三冊）
はじめて女体の歓びを教えてくれた於蝶と再会した半四郎。姉川合戦から本能寺の変に至る戦国の世に、相愛の二人の忍者の愛欲と死闘を通して、波瀾の人生の裏おもてを描く長篇。
い-4-80

池波正太郎
幕末新選組
青春を剣術の爽快さに没入させていた永倉新八が新選組隊士となった。女には弱いが、剣をとっては隊長近藤勇以上といわれた新八の痛快無類な生涯を描いた長篇。（佐藤隆介）
い-4-83

池波正太郎
雲ながれゆく
行きずりの浪人に手ごめにされた商家の若後家・お歌。それは女の運命を大きく狂わせた。ところが、女心のふしぎさで、二人の仲は敵討ちの助太刀にまで発展する。（筒井ガンコ堂）
い-4-84

池波正太郎
夜明けの星
ひもじさから煙管師を斬殺し、闇の世界の仕掛人の道を歩み始める男と、その男に父を殺された娘の生きる道。悪夢のような一瞬が決めた二人の運命をしみじみと描く時代長篇。（重金敦之）
い-4-85

（　）内は解説者。品切の節はご容赦下さい。

池波正太郎
乳房
不作の生大根みたいだと罵られ、逆上して男を殺した女が辿る数奇な運命。それと並行して平蔵の活躍を描く鬼平シリーズの番外篇。乳房が女を強くすると平蔵はいうが……。（常盤新平）
い-4-86

池波正太郎
剣客群像
剣士、柔術師、弓術家、手裏剣士。戦国から江戸へ、武芸にかけては神業の持ち主でありながら、世に出ることなく生涯を送った武芸者八人の姿を、ユーモラスに描く短篇集。（小島　香）
い-4-87

池波正太郎
忍者群像
陰謀と裏切りの戦国時代。情報作戦で暗躍する、無名の忍者たち。やがて世は平和な江戸へ――。世情と共に移り変わる彼らの葛藤と悲哀を、乾いた筆致で描き出した七篇。（ペリー荻野）
い-4-88

池波正太郎
仇討群像
ささいなことから起きた殺人事件が発端となり、仇討のために人生を狂わされた人々の多様なドラマ。善悪や正邪を越え、人間の底知れぬ本性を描き出す、九つの異色短篇集。（佐藤隆介）
い-4-89

池波正太郎
夜明けのブランデー
映画や演劇、万年筆に帽子、食べもの日記や酒のこと。週刊文春に連載されたショート・エッセイを著者直筆の絵とともに楽しめる穏やかな老熟の日々が綴られた池波版絵日記。（池内　紀）
い-4-90

池波正太郎
おれの足音　大石内蔵助（上下）
吉良邸討入りの戦いの合間に、妻の肉づいた下腹を想う内蔵助。剣術はまるで下手、女の尻ばかり追っていた〝昼あんどん〟の青年時代からの人間的側面を描いた長篇。（佐藤隆介）
い-4-93

池波正太郎
秘密
家老の子息を斬殺し、討手から身を隠して生きる片桐宗春。だが人の情けに触れ、医師として暮すうち、その心はある境地に達する――。最晩年の著者が描く時代物長篇。（里中哲彦）
い-4-95

（　）内は解説者。品切の節はご容赦下さい。

池波正太郎
鬼平犯科帳　決定版（一）
人気絶大シリーズがより読みやすい決定版で登場。「唖の十蔵」「本所・桜屋敷」「血頭の丹兵衛」「浅草・御厩河岸」「老盗の夢」「暗剣白梅香」「座頭と猿」「むかしの女」を収録。（植草甚一）
い-4-101

池波正太郎
鬼平犯科帳　決定版（二）
長谷川平蔵の魅力あふれるロングセラーシリーズがより大きな文字の決定版で登場。「蛇の眼」「谷中・いろは茶屋」「女掏摸お富」「妖盗葵小僧」「密偵」「お雪の乳房」「埋蔵金千両」を収録。
い-4-102

池波正太郎
鬼平犯科帳　決定版（三）
大人気シリーズの決定版。「麻布ねずみ坂」「盗法秘伝」「艶婦の毒」「兇剣」「駿州・宇津谷峠」「むかしの男」を収録。巻末の著者による解説・長谷川平蔵（「あとがきに代えて」）は必読。
い-4-103

池波正太郎
鬼平犯科帳　決定版（四）
色褪せぬ魅力「鬼平」が、より読みやすい決定版で登場。「霧の七郎」「五年目の客」「密通」「血闘」「あばたの新助」「おみね徳次郎」「敵」「夜鷹殺し」の八篇を収録。（佐藤隆介）
い-4-104

池波正太郎
鬼平犯科帳　決定版（五）
繰り返し読みたい、と人気絶大の「鬼平シリーズ」をより読みやすくした決定版。「深川・千鳥橋」「乞食坊主」「女賊」「おしゃべり源八」「兇賊」「山吹屋お勝」「鈍牛」の七篇を収録。
い-4-105

池波正太郎
鬼平犯科帳　決定版（六）
ますます快調、シリーズ屈指の名作揃いの第六巻。「礼金二百両」「猫じゃらしの女」「剣客」「狐火」「大川の隠居」「盗賊人相書」「のっそり医者」の全七篇を収録。
い-4-106

池波正太郎
鬼平犯科帳　決定版（七）
鬼平の魅力から脱け出せなくなる第七巻。「雨乞い庄右衛門」「隠居金七百両」「はさみ撃ち」「掻掘のおけい」「泥鰌の和助始末」「寒月六間堀」「盗賊婚礼」の全七篇。（中島　梓）
い-4-107

（　）内は解説者。品切の節はご容赦下さい。

池波正太郎
鬼平犯科帳　決定版（八）
鬼平の部下を思う心に陶然、のち悪党どもの跳梁に眠れなくなるスリリングな第八巻。「用心棒」「あきれた奴」「明神の次郎吉」「流星」「白と黒」「あきらめきれずに」の全六篇。
い-4-108

池波正太郎
鬼平犯科帳　決定版（九）
密偵たちの関係が大きく動くシリーズ第九巻。名作「本門寺暮雪」ほか、「雨引の文五郎」「鯉肝のお里」「泥亀」「浅草・鳥越橋」「白い粉」「狐雨」の全七篇に、エッセイ「私の病歴」を特別収録。
い-4-109

池波正太郎
鬼平犯科帳　決定版（十）
密偵に盗賊、同心たちの過去と現在を描き、心揺さぶるシリーズ第十巻。「犬神の権三」「蛙の長助」「追跡」「五月雨坊主」「むかしなじみ」「消えた男」「お熊と茂平」の全七篇。
い-4-110

池波正太郎
鬼平犯科帳　決定版（十一）
色白の同心・木村忠吾の大好物は豊島屋の一本饂飩。シリーズで一二を争う話題作「男色一本饂飩」ほか、「土蜘蛛の金五郎」「穴」「泣き味噌屋」「密告」「毒」「雨隠れの鶴吉」の全七篇。
い-4-111

池波正太郎
鬼平犯科帳　決定版（十二）
密偵六人衆が、盗賊時代の思い出話を肴に痛飲した一夜の後日談「密偵たちの宴」ほか、「高杉道場・三羽烏」「いろおとこ」「見張りの見張り」「二つの顔」「白蝮」「二人女房」の全七篇。
い-4-112

池波正太郎
鬼平犯科帳　決定版（十三）
煮売り酒屋で上機嫌の同心・木村忠吾とさし向いの相手は、眉毛と眉毛がつながっていた(「一本眉」)。ほか、「熱海みやげの宝物」「殺しの波紋」「夜針の音松」「墨つぼの孫八」「春雪」の全六篇。
い-4-113

池波正太郎
鬼平犯科帳　決定版（十四）
ますます兇悪化する盗賊どもの跳梁。密偵・伊三次の無念を描いた「五月闇」ほか、「あごひげ三十両」「尻毛の長右衛門」「殿さま栄五郎」「浮世の顔」「さむらい松五郎」の全六篇。（常盤新平）
い-4-114